塩江物語　第三話

秋子慕情

目次

秋子慕情

一　転校生

　昭和時代の終焉を閉じようとしている昭和六十三年（一九八八）師走の晦日《みそか》、大吾は姉の景子から慌しい電話を受けた。

「大吾私よ、景子よ大吾の好きだった秋子さん、覚えている市村座の秋子さんよ。あの秋子さんの芝居小屋が高浜神社に来ているのよ。境内に幟《のぼり》が揚がっているの」

　電話からの声であったが、景子の声は興奮気味であった。

　景子は見合い結婚し香川県香川郡塩江町の薄紫《うむ》の里（現在は香川県高松市塩江町塩江）から大阪府吹田市の会社員に嫁いでいた。市内で買い物の途中、偶然に市村座の芝居小屋を見つけたとの知らせであった。

「そうなのよ。あの市村座よ。大吾の好きだった秋子さんの市村座に間違いないわ。早く会いに行ったら。私が秋子さんと会ったのかって、会ってはないわ。だけど間違いないと思うの。えーと市村座の開いている場所はネ、ＪＲ吹田駅前に旭商店街があるでしょう。その突き当りに高浜神社があるの。駅から十分位よ。芝居は二十七日までと看板に書いてあったわ」

二十七日、いい二十七日よ、くどくどと景子はいって、用件を伝えると一方的に電話を切った。

切れた電話の無私の余韻を聞きながら、大吾は今更ながらに自分の胸中にまだ、秋子の思慕が存在していることに戸惑うのであった。景子からの電話は、一気に秋子との追憶を蘇らせた。

・・・

大吾が秋子と初めて会ったのは、昭和三十二年〔一九五七〕の晩秋、薄紫の里の紅葉が真っ赤に染まる十月五日であった。

その日をはっきりと覚えているのは、薄紫の里の秋祭りの日に、大吾の通う塩江小学校に秋子が転校してきたこと。そしてその日が大吾の八歳〔小学二年生〕の誕生日だったことから、その出会いは忘れ得ない出来事として深く印象に残ったのである。

転校してきたその日、秋子は教壇に立ち担任の沢口先生から紹介された。赤いセーターに黒のスカートを穿き、二つに分けたお下げ髪を薄紫のリボンで結んでいた。

「今日転校してきた山口秋子さんです。秋子さんはお父さんのお仕事を手伝ってお芝居をしながら全国を廻っています。今日から一週間この組《くみ》〔クラス〕で皆さんと一緒にお勉強します。皆さん仲良くしてあげて下さい。それでは山口さん、ご挨拶して下さい」

沢口先生に促されて秋子は、お辞儀しおずおずしながら蚊の鳴くようなか細い声で、やまぐちあきこ、ですと挨拶したのだった。

沢口先生は、秋子を紹介した後、「山口秋子」と黒板に清書し、やまぐちあきこ、と振り仮名をつけた。その後、沢口先生は教室をぐるっと見回して、

「藤島君、藤島君の隣が空いていますね」

といい、沢口先生は大吾の隣の空いている席を指差し、秋子にその席に着くよう促した。

その席は、良夫の席であるが、交通事故により長期入院し、空席となっていた。隣

席に来たとき秋子は、大吾をみて軽く会釈して静かに席についた。そのとき鬢《びん》付け油の香りがツンと鼻についた。同級生の誰も持っていない蠟《ろう》の入り混じった香りは、大吾の知らない何か不思議な別世界を感じさせた。これが秋子との数奇な巡り合わせの始まりであった。

秋子の父親が経営する市村座は薄紫の里の要請により、鎮守の森の権現神社の境内にあるお旅所において、一週間の興行を催すために来たのだった。

薄紫の里では、毎年二回旅芸人の興行が打たれ、春の桜祭りの日と、紅葉が真紅に染まる時季に五穀豊穣を祝う秋祭りの日に開催された。娯楽の少ない時代であり、里の人達も芝居興行を楽しみにし、芝居一座の来演を遠からず待ちわびていた。芝居興行が終わると次回の芝居を楽しみに待ち、その間は前回観劇した芝居がしばしば話題となった。

今回は、九州からきた市村座の芝居で演題は、「巡礼おつる」であった。

当然のように、大吾も観劇したのだった。おつるに扮した幼い女の子の醸し出す演技は、健気な愛しさがあり不憫さを感じさせた。その哀愁を帯びた声に観客席のあちこちからすすり泣きが洩れ、祖母、姉の景子の頬にも幾筋かの涙道があった。

大吾も父親《てて》の十郎兵衛とおつるの親子別れの一幕で、おつるに扮する幼い女の子の迫真の演技に圧倒され涙するのであった。おつるの「父様《とと》のお帰りを待っております」健気な哀愁を帯びた、その声は、ずいずいと心の襞《ひだ》に沁み込んでいった。

翌日、学校に行くと組の大半が昨日の芝居を観劇しており、幼い女の子が演ずる「おつる」の話題で持ちきりになった。


一時間目の授業が始まる直前になって、秋子が駆けつけて登校してきた。組の皆の視線が転校生の秋子に注がれたが、秋子は、それらの視線に臆することなく軽く小さな会釈をし静かに席についた。そのときも秋子の髪から微かに鬢付け油の香りが漂った。

五時間目〔午後二時〕の授業が終わり下校時間となった。

大吾は、今日の市村座の芝居が待ち遠しく、授業も上の空で早く授業が終わることばかり考えていた。観劇のかぶりつき席を確保するためには、早く並ばなければならない。そのため最終の授業を終えるとすぐ帰宅を急いだ。いそぎ足で校門を出たところで後ろを振り返ったところ、秋子も五、六メートル後方を走っていた。

大吾が止まると、秋子も連動するように足を止め秋桜《コスモス》の花のように微笑んだ。

大吾と秋子は帰る方向が同じであり、それとなく連れ立って歩いた。

大吾はこんなところを組の誰かに見られないかと杞憂したが、幸にも誰よりも早く下校が早かったので誰の眼にも止まることがなかった。組のお喋りの健にでも見つかれば、囃し立てられ相合傘のマークに大吾・秋子と名前を入れられるのが落ちだった。

大吾は、家族以外の異性と歩くのは初めてであり、何となくばつが悪く、秋子と歩く徒然に頬が火照り、夕日のように朱《あか》く染まって行くのだった。歩きながら秋子は、組では転校してきたばかりで友人もなく、早く帰りたいため走って学校を出たことを簡潔に喋った。そして秋子は唐突に、

「あんた藤島君」

といった。

大吾は、転校して来て、まだ二日目の女の子が、自分の名前を呼んだことに小さな驚きを感じたのだった。

「何で知っとん、僕の名前」

「沢口先生が、藤島君の横に座りなさいって言ったばい。藤島なんて名前ばい」

そうか、それで覚えていたのか。しかし、そのことよりも大吾は、聞きなれない秋子から繰り出す方言の言葉に、思わず足の関節が緩み前屈《まえかが》みとなりよろけた。

「可笑《おか》しか、ウチの九州弁ば」

大吾は、聞きなれない九州弁のイントネーションが可笑しく、耳かきの綿毛で耳を掻くように、こそばゆく感じ、急いで口をふさぎ笑いを止めようとしたが止まらず、その際、肺に空気が大きく入り激しく咳き込んだ。

「大丈夫ね、可笑しいばい、九州弁ば」

秋子が九州の方言を発するたびに大吾は、ますます可笑しくなり、口に手を当てて堪えようとしたが吹きだし、ついにランドセルが大空に反り返るほど笑った。大吾の、その格好が可笑しかったのか、次第に秋子もつられて笑い出し、二人して腹を掲げ海老状態になるのは早かった。ひととき笑った後、大吾は、

「僕の名前は、大吾という名前やけん、の・・・」

と名乗ると、今度は秋子が首を傾げて、

「名前やけん・・・の・・・って変」

といって、掌を耳の後ろに当ててウサギのような格好をして、茶目っ気たっぷりにペローと舌を出した。大吾も負けずに両掌で両目をキッネ眼にしたのだった。そして、共にアッカンベーしながら額を突き合わせ、にらみ合った後、再び腹を揭げて、お腹の皮がよじれる程大声で笑った。

気風《きっぷ》の良い九州弁を話す秋子からすると、ゆったり、まったりと響く讃岐弁の方言が、珍奇に聞こえるのであろう。大吾も秋子が発する気風のいい九州弁の響きが、なんとなく耳の中でむずかゆい。違った文化の言葉使いで爆笑したのだった。

「ふーん、大吾っていう名前ね、昨日お芝居みに来てたばい。一番前でみてたばい」

「お婆ちゃんとお姉ちゃんと一緒にきてたばい」

「巡礼おつるのお芝居、僕もお婆ちゃんも泣いてみたけん、今日もお婆ちゃんとお姉ちゃんと一緒にいくけん、お婆ちゃんがおつるの女の子の顔がみたいって言うての」

大吾はしきりに「おつる」役の女の子を話題にしたのだった。そして早く学校を出たのは、一番前のかぶりつき席を確保するためだったことを、それとなく秋子に伝えた。

秋子は黙って聞いていたが、やがて蛤が重い口を開くように、

「大吾君、あのおつるウチばい」

大吾は一瞬耳を疑った。⁉　最初、何を言っているのか分からず、頭が空白となったのである。

「えーっ、秋子ちゃん何かいった」

「だからウチがおつるばい」

そういうと、秋子の透き通るような頬が桃色となり、恥ずかしそうに眼を伏せた。

大吾は、舞台の「おつる」はもっと幼い女の子と思っていたのだった。本当だろうか。現実に眼の前にいる結構お茶目な女の子とはどうしても重なり合わず、芝居で熱演するおつると秋子の違いが、どうしても認められず戸惑うのであった。

切塚商店前のY字路に差し掛かり、左右に分かれたが別れ際、秋子は、

「ウチがおつるということは、皆に内緒ばい」

お茶目っぽくいい、人差し指に口を当てた後、小さく手を振って右方向にある権現神社の芝居小屋に急ぎ足で帰っていった。

大吾は、秋子を見送った後も、秋子と舞台で「おつる」を演じている幼い女の子がどうしても同一人物とは思われず複雑な気持ちで帰路についた。

その日は、早めの夕食を摂り、里の誰よりも早く市村座に直行し、一番前のかぶりつき席を祖母、姉景子分を共に確保したのだった。急いだのは巡礼おつるの演劇をみる楽しみもあったが、一番の理由は本当に秋子がおつるなのか、かぶりつき席で確かめる目的もあった。午後七時から始まる開演を三時間前の四時過ぎからきて待っていたが、それらのことを想像することで、待ち時間は退屈はしなかった。

舞台の幕は垂らされ、中では今日始まる芝居の予行演習を行っているのか、座長らしき人、秋子の父親だろうか、その人からこまごまと演技の指導を受けている様子が伺えた。

座員の「へい」「はい」というような声がうす洩れて聞こえてくる。それらの予行演習は、小一時間にわたり、その後、小屋内は静寂になった。

大吾は、何することなくやおら寝そべっていると、「藤島君、藤島君」、不意に秋子の声が聞こえた。

大吾は周囲をきょろきょろと見回し、ふっと舞台の上をみるとたくし上げた幕袖から幼い巡礼姿の女の子が手招きしている。巡礼おつるだった。すぐ大吾は駆けつけると、おつるは大吾の学生服の袖を引っ張り舞台に引き上げた。

舞台裏の楽屋では、数人の役者たちが車座になって芝居の打ち合わせの最中であった。その中の若い役者が大吾とおつるを目敏く見つけると、

「あちゃ、秋子ちゃんお客さんね」

「秋子ちゃんのボーイフレンド、秋子ちゃんもすみにおけにゃ」

車座の役者達は、面白がって小さな珍客を口々に冷やかし囃し立てた。

見るみるうちに大吾は顔が火照り、夕焼け空のように真っ赤に染まった。

「この僕、真っ赤になって可愛いかー」

夕焼け色となって、戸惑う大吾の健気な仕草を見て、さらに灯が点いたのか役者達は笑い転げた。

「ボーイフレンドと違ばい、ウチの組の藤島君ちゅう名前ばい」

巡礼おつるに扮していた秋子は、化粧していたこともあるのか、どうどうと受け答えをしていた。学校で沢口先生から紹介された、あのおとなしく内気な秋子、下校途中にお茶目であった秋子とは別人のようであった。そして巡礼おつるに扮している秋

子、どれが本当の秋子かと大吾は小さな胸が動揺し、困惑するのであった。そんなことを大吾が思い巡らしていたとき、

「秋子おいで」

と、楽屋の片隅で片付けをしていた秋子の母親が手招きした。秋子は、

「母ちゃんばい」

といって、大吾の袖を引っ張って、母親の元に駆けつけた。

母親は女優の岸恵子似の美しい人だった。

「母ちゃん、学校の組で一緒の藤島君、ウチと友達になったばい」

そういって大吾を紹介した。

母親は片付けの和服を畳みながら大吾に会釈した後、天細女命《あめのうずめのみこと》と出雲阿国《いずものおくに》の芸能の神を祭っている神棚を拝んでから、お供えの饅頭を取り出し大吾にわたしてくれた。

「秋子は駄目よ。舞台が終わってからよ」

大吾は少し躊躇して、その饅頭を受け取った。自分だけ食していいのか。そのとき、自分の知らない厳しい世界があることを垣間みせられたのであった。

「おつる」は、そのことを当然のように受諾し、こくりと頭を垂れ、大吾のほうを

向いて、ペロッと舌を出しお茶目っぽくニヤッと笑った。

そのとき「おつる」の顔をしみじみ見たが、外見だけでは秋子とはどうしても思われない。「おつる」に化けていた。首に真っ白なドーランを塗り、顔は薄白い化粧を施し、目尻、唇は紅を引き、まるで博多人形のようだった。

大吾は化粧した「おつる」が秋子と分かっていても、声をかけずに要られなかった。

「おつるちゃん、いや秋子ちゃん、本当に秋子ちゃん」

と問うた。

「おつる」は博多人形のようなおちょぼ口で、蚊の泣くようなか細い声で、

「ウチ秋子」

と大吾の耳元で囁いた。

その声は学校の教壇で沢口先生から紹介されたときに聞いた、蚊の鳴くようなか細い声とそっくりだった。

「嗚呼、やっぱり秋子ちゃんや」

大吾の声が大きかったのか、それとなく察していた秋子の七変化に気付いている母親が、そのことを察して、

「秋子は、化けるのが上手いからね」

といって、微笑したのだった。

その当日の芝居観劇の帰り道、学校の同級生が誰も知らない「おつる」が秋子である秘密、そして、その秘密を楽屋裏で覗き見たことで、何となく気分が高揚してくるのだった。大吾だけが隠し持っている秘密であった。


翌日、大吾は喜び勇んで学校に行ったところ、案に相違して秋子は来ていなかった。連日の熱演が響き疲れたのかも知れないが、早く来て欲しいという気持ちで一杯だった。そして組の者が誰も知らない秋子との秘密は、ときに甘受な気持ちとなって小さな胸をときめかせた。一時間目の休憩時間に秋子は遅れてやってきた。

大吾は、ほっと安堵したため息をついた。

秋子は、そっとガラス戸を開け教室に入ってきた。組の者の注視の中、肩をすぼめて内気そうに歩き席についた。この小さな女の子が巡礼おつるを演じている、その本人とは誰も思わないだろう。

組の者、誰も知らない大吾だけが知っている秘密である。それが分かっていても、この秋子が本当におつるを演じている女の子だろうかと、つい疑ってしまう不定《ふじょう》さに困惑するのであった。

秋子は級友の誰とも喋ることはなく、組ではおとなしい内気な少女だった。大吾の前で見せたお茶目な女の子はどこに行ったのかと。芝居で観客を唸らせ涙を誘う、あれだけの演技ができるのに。幼いときから旅から旅の渡り鳥の生活をし、俗世間の艱難辛苦を早くから見知り、それらのことから内気さを装っているのかも知れない。

昼休み時間中に独りで運動場の片隅にある砂場で黙々と砂山をつくっては壊し、その後姿はどことなく寂しい陰を背負っていた。大吾が近づくと、人懐こく微笑んだ。なんとなく二人で砂遊びを嵩じた。

秋子はどこの小学校に転校しても、ずーっと独りぼっちで遊んでいたことを語った。

「ウチ、ひとりぽっちね。仲良くなっても、すぐどこかに行くばい・・・・・だけど父ちゃん、母ちゃんといつも一緒ばい寂しくなかよ」

といって、眼を伏せ寂しそうに笑った。

昨日、あんなに笑ったお茶目な女の子の面影はなく、どことなく孤独さが漂っていた。

生まれてきてまだ別離というものを知らない幼い大吾にとって、秋子が語る流転の話から、別れがどういうものなのか茫洋ながら知らされたのであった。しかし、友達となった女の子があと数日すれば、去って行くという現実との乖離《かいり》を、そのときは知る由もなかった。

「大吾君、今日ウチの出るお芝居は、お休みばい」

おもむろに秋子は喋った。大吾は、その言葉を受け、

「今日、景子姉ちゃんと岩部の八幡さんに大銀杏の葉っぱを拾いにいくけん、秋子ちゃんもいかん」

何となく誘った。

「ウチもいっていい、うれしかー」

と秋子はいい、瞳を輝かせ、両手を胸にクロスさせ態度で喜びを表した。

その日は、学校の終業ベルが鳴るのが待ち待ち遠しかった。終業ベルが鳴ると同時

に大吾と秋子は目配せし、校庭に飛び出し急いで下校する。追っ付け帰ってきた姉の景子も、秋子が同行することを歓迎したのだった。

岩部の八幡神社は、芝居小屋の設けられている権現神社前の国道百九十三号線、香東川沿いに北へ約一キロメートルの所にあった。歩きながら秋子は、よく喋り楽しそうだった。気が置けない仲間だと思ったのだろう。

旅芝居の束縛から解放された喜びを感じるように、秋子は道々喋り続けた。

今回の市村座の旅回りは、秋子の生まれた九州福岡の黒木町から日本海沿いに山陰に行き、そこから大阪へ、そして四国に渡り、高松から大吾の住む塩江の薄紫の里に来たことを問わず語りに喋った。

「母ちゃんが薄紫の里へ行くって聞いたとき、ウチば楽しみだったばい、ウチの九州の黒木に大きな藤の木があって、春に薄紫の花が一杯咲くとよ、綺麗で大吾君、景子ちゃんにも見せたか、薄紫の花と薄紫の里の薄紫は一緒ばい。ウチも薄紫が一番好きとよ」

大吾は、秋子が喋る満開の藤の花の中に、今しも自分と秋子がいるような錯覚に誘われた。不思議な幻想が支配したのだった。

「お婆ちゃんが言っていたけど、薄紫の里にも昔、大きな藤の木があって薄紫の花が咲き、この花から里の名を薄紫《うむ》にしたんだって。しかし、今は藤の木はないので、秋子ちゃんの生まれたところにある黒木の藤をみて見たいな」

と景子がいった。

「いつかウチが案内するとよ」

と秋子が応じたのだった。

その後の道程は、更にもまして秋子のお喋りの独壇場となった。

幼い頃から旅から旅へのドサ回りであり、今まで彼の地において友人が出来ても直ぐに別れを告げたことだろう。これらの事情から抑えてきた気持ちが、同世代の児童に接するとどうしても感情を抑えきれなくなって、猛烈に喋るのであろう。

大吾も景子も童心であったが、なんとなく秋子の気持ちを察して黙って孤愁《こしゅう》の話を聞いた。

権現山の通りを抜けると、山陰で見えなかった八幡神社の大銀杏の遠景が見えてきた。

「あっ、秋子ちゃん、大銀杏が見えるけん」

大吾が大銀杏を指差し、その言葉が切れぬうちに三人とも同時に駆け出した。

「ワー、これが大銀杏ばい、大きかー」

秋子は、到着すると直ぐ大銀杏を見上げしきりに驚声をあげた。

八幡神社の入り口に、空に向かって大きく手を拡げるように林立する大銀杏は夫婦銀杏であり、雌雄木ともに幹周り十メートルを越す巨木で周辺の木々を睥睨していた。三人で手を繋いで大銀杏の周りを測ろうしたが、大きすぎて手が回らず、木の周りを子犬が親犬にじゃれるように、ぐるぐるとはしゃぎながら回った。

「大木ね、太いばい」

しきりに秋子は言った。そして、その巨木のある一点に眼が注がれたのである。

「あれは、なんね」

と指差した。

大銀杏の表皮の一部が突出し乳房のように垂れ下がっている。その乳房の長さは悠に二メートルはこえ、ご愛嬌にも最先端は三センチ位の乳首があった。この大銀杏は、樹齢約五百年で別名お乳房《ちち》の木と別称された。〔大正時代に編集された史跡名勝天然記念物調査報告によると、銀杏の木としては香川県一で、その記録には、「これ以上、大きく垂れ下がっている乳房はない」と書かれている〕

垂れ下がっている乳房をみていた秋子は、何を想像したのか思い出し笑いをしたのであった。そして、

「この乳房よりウチのお婆ちゃんの方が、もっとすごかー」

といった。

そのとき大吾も祖母の長い乳房のことを想像していた。それですぐ大吾は、

「僕の婆ちゃんの方が、もっと長いけん」

と、ひよこのように口を尖らせて反論すると、秋子も、

「ウチのおばあちゃんの方がもっと長かー、弟《おと》をお婆ちゃんが負んぶしているとき弟が泣くと、お婆ちゃんはピョーンとオッパイを出して飲ますばい」

「僕の婆ちゃんは、僕と姉ちゃんが小《こん》まいときに、婆ちゃんと川の字で寝て、いつも婆ちゃんのお乳を飲んでいたん、両方にある婆ちゃんのお乳を十文字にして飲んでいたけん、僕の婆ちゃんの方が長いけん」

といって、大吾も譲らなかった。喧々諤々の乳房論争の後、秋子が真顔になって、

「お婆ちゃんになると、皆こんなお乳房になるばい」

と、しみじみと言い、飛び跳ねて大銀杏の乳頭に触手した後、その手を自分の胸に当てがった。

「ふーんウチの胸は、何もなかー」

そういいながら、秋子は急に大吾の手を取り、自分の胸にあてがった。ほんの一瞬の出来事であった。秋子の薄べったりした胸から、小さな鼓動が掌を通して伝わってくる。

見るみるうちに大吾の顔は猿の尻のように赤面し、心臓がどっきり波打った。次に秋子は景子にも自分の胸を触らせようとしたが、景子は秋子の手を払いのけ嬉々として逃げた。

「まてー景子ちゃん」

秋子と大吾は景子の後を追い、その都度、景子は嬉々の声をあげ、夫婦銀杏の周りを、小さな土ぼこりをあげて駆け巡った。

駆けっこに飽きた後三人は、景子の提案で銀杏の葉っぱ拾いで遊んだ。収集した葉っぱを前にして景子が、

「銀杏の葉は雄《おん》と雌《めん》の葉があるけん、雄は三角の葉で、雌はスカートのように裾が広がっているけん、お婆ちゃんが教えてくれたけん。この雄の葉と雌の葉を別々に分けて欲しいけん」

といつた。

三人は雌雄の葉を別々に仕分け、景子は、その中から特に色鮮やかな美しい葉を選びだし、雌の葉を大吾に、雄の葉を秋子に手渡した。夫婦銀杏の美しい紅葉の中で大吾と秋子は黄金色の葉を受けとった。そして、景子は、

「ねえ、ねえ、この夫婦銀杏の大銀杏に手を重ねると、また会えるってお婆ちゃんが言っていたけん、皆で手を重ねましょう」

最初に秋子が手を置き、その上に大吾、景子が続いた。そして、また会える日を誓ったのだった。重ねあわせた手に黄金色の夕日が染まり、大銀杏のシルエットが遠く、遠く伸びていた。

翌日、秋子は登校しなかった。

組の物知りの健によると市村座はあと三日間の芝居興行を予定していたが、何かのいざこざ《トラブル》があって、急きょ芝居興行を中止したとのことであった。

担任の沢口先生は、一時間目の授業が始まると直ぐ、

「山口さんは、転校して行きました。山口さんのお母さんから皆さんによろしくと連絡がありました」

と淡々と伝えた。

思わず大吾は、秋子の座っていた席をみた。そのとき校庭前の町道から、〜〜〜長い旅路の航海終えて船が港に〜〜美空ひばりの、港町十三番地の歌が、風に乗って聞こえてきた。

「市村座です。塩江の皆さん、ありがとうございました」

連呼しつつ去って行った。

秋子の座っていた空席の椅子が微かに揺れたように感じた。あの市村座の三輪トラックに秋子も乗っているんだ。無性に寂しかった。

授業が終わると大吾は全速力で権現神社に向かって走った。市村座の芝居が開催されたお旅所に入ると、昨日までの賑《にぎ》わいが嘘のようにガランとした静寂が支配していた。昨日は秋子がいた。しかし今日はいない、この落差がなおさらに寂しさを加速させ小さな胸を痛めた。

大吾は昨日までの賑わいを思いだそうとして眼を閉じた。そうすると昨日のように、秋子が何処からか「大吾君」といって現れてくるのではと思った。

秋子と出合って、そして別れた。たった三日間の短い出来事だったが、この別れは大吾の幼い胸に強烈な印象として残された。

「藤島さん家《ち》の大吾君かいの」

突然、権現神社の宮司さんから声が掛かった。

「これ、市村座の小《こん》まい女の子から預かっての、ここえ大吾君がきたら渡してくれって」

渡されたのは、秋子からの手紙であった。宮司さんから手紙を受けとると、脱兎の如く神社の裏まで走り込み夢中で読んだ。

「だいご君、きゅうにいくけどごめんね。八まんさんの大いちょうのまえで、またあおうね。けいこちゃんにもよろしく、うちの九しゅうのくろ木にも、大きなうすむらさきのフジがあるばい、だいご君にもみせてあげんとね。では、さょうなら。山口秋子」

たどたどしい字であった。

〔秋子ちゃん、きっともう一度、薄紫の里に芝居に来て〕

「秋子ちゃん～」

茜雲に向かって囁くように大吾は何回も呼んだ。その消え入るようなか細い声は、晩秋の斜光を浴びながら音もなく、ひらひらと舞い落ちる紅葉のなかに静まり消えていった。

秋子が転校して何となく寂しい日が続いた。家族で市村座の芝居の話題になることもあったが、それも日数を重ねるうちに薄れていった。半年も過ぎると話題になることもなかった。

〔秋子ちゃん、今ごろ何《なん》してるんかいの〕

と思い、ときどき机から手紙を出して呼んだが、いつしかその手紙も紛失し、記憶の中で思い出すこともなくなっていった。

二 再会

秋子と出会って十年経ち、昭和四十二年〔一九六七〕大吾は高校三年生になっていた。

その年のお盆に祖母、姉の景子と共に善通寺市の護国神社に参拝〔祖父は日露戦争で英霊となる〕する。善通寺市は真言宗の開祖、弘法大師の生誕の地であり、陸上自衛隊の駐屯地もおかれている街である。

大吾の住む、薄紫の里から善通寺市までは琴電バス、電車を二回乗り換えおよそ二時間あまりだった。

国鉄善通寺駅〔現在のＪＲ善通寺駅〕前から護国神社までは柳の並木道となっている。大正時代、昭和初期の面影を残すレンガ造りの町並みを歩いていると、

「～～～長い旅路の航海終えて船が港に～～～」

懐かしい美空ひばりの「港町十三番地」の歌が流れてくる。

歌の聞こえている方向をみると自治会館の前に市村座という幟が揚がっている。そのとき市村座という幟をみても何らの感慨もなく、その場を横目でみて通りすごし護国神社に向かった。


護国神社の参拝を終えた帰り道、市村座の前を再び通りかかると、姉の景子が、しきりに何かを思い出したように、

「うーん、この歌、港町十三番地と市村座どこかで見たように思うんだけど」

と、いった。そして景子は、

「市村座って、たしか女の子がいなかった」

といった。

そのとき大吾も遠い日の記憶を手繰り寄せ、小学生時代の権現神社の境内にあった市村座の幟を蘇らせた。

「ア、キ、コ、あ、秋子ちゃん」

「そう、秋子、あの秋子ちゃんの市村座よ」

と景子も申し合わせたようにいった。そして、祖母に向かって、

「お婆ちゃん、私達が小《こん》まいときに、巡礼おつるっていう芝居みたでしょう。あの劇団よ。そうよ、あの劇団よ」

祖母も昔みた市村座の芝居の光景が蘇ったのだろう。祖母はもう観劇する気になっていた。景子はそれらを察して、いそいそと窓口に駆けつけ観劇券を買った。

小屋に入ると、まだ早かったのか観客は、まばらな状態だった一番最前列のかぶりつきの一番席を確保する。開演までに、美空ひばりの港町十三番地が止まることなく流れ、否応なく小学生時代の秋子との切ない過去の出来事を思い出させた。
〔そうだ、この曲は市村座の宣伝として使われていた曲だったのだ〕
芝居の演目は、長谷川伸原作の「番場の忠太郎」で、涙を誘う芝居は市村座の真骨

頂だった。

大吾は、懐かしの秋子を探すため、かぶりつき席を利用して年頃の女の役者が出てくる都度、小さな声で「秋子さん」と声をかけた。出てくる女役者に反応はなく、最後に余り目立たない小柄な女の子が、少し動揺したかのように反応し目線があった。その小柄な女の子がどことなく幼い頃の秋子と面影が似ているように感じ、その子が秋子だろうと推察したのだった。

観劇後、久しぶりにみた市村座の人情劇からくる興奮が冷め遣らず、祖母、景子は涙目になり、大吾も秋子への懐かしさもあって感慨に耽っていた。そんな大吾の回顧な気持ちを、それとなく察したのか景子は、

「大吾、私とお婆ちゃんは、小屋の前にいるので、秋子ちゃんに会ってきたら」

と、大吾の気持ちを後押してくれた。

大吾は、芝居の中で目線を絡み合わせた女の子が秋子というだけで、それを確認すればそれでよかった。それ以上は望んでいなかった。しかし景子からの思わぬ後押しに気持ちが揺れた。

小学生のときに知り合い別れた。たった三日間の思い出での懐かしさから、身体は自然と楽屋へと赴いて行くのであった。あの日、塩江小学校からの帰り道、大笑いをした、そして手紙をくれた秋子という人懐っこい女の子が、今どうなっているのかという興味もあった。その女の子に純粋に会いたいと思った。

「あのー、お尋ねしますが、ここに秋子さんという方は居られませんか」

と大吾は声をかけた。

楽屋裏の慌しい中であったが、役者達は一斉に振り返り大吾を注視し、そのうち最も若い小柄な女の子が、眼をしばだたせ驚いたように反応したのだった。大吾が観劇中に声をかけたとき、眼と眼が重複したのも、その女の子だった。大吾はその子が秋子と思い、

「秋子さんですか」

と声をかけた。

女の子は脇息しながら、慌てて隣の若い女に向かって、おもむろに着物の袖を引っ張ったのである。そして、

「秋子姉さん、あの学生さんが用だって」

といった。

若い女は逡巡し怪訝な顔を浮かべた。この女《ひと》が秋子なのだろうか、以外であった。秋子と思っていた女の子が秋子でなく、この若い女《ひと》が秋子なのか。大吾の想像していた秋子は、どちらかと言うと丸顔で人懐っこい面影があった。しかし眼の前にいる舞台化粧をした若い女は面長の顔立ちであり、大吾が描いていた女《ひと》とはイメージが違った。お高く止まっているような女に思えた。どうにも腑に落ちないが、ここまできた以上、引くに引けない気持ちもあって、大吾は居ずまいを正して、その若い女に向かって、

「実は僕、塩江の薄紫の里っていう所の者ですが、市村座にいた秋子さんという人を探しているのですが、その秋子さんという方はあなたでしょうか」

と問うた。

若い女は大吾をきちっと見据え凝視し、視線を外さなかった。

大吾は、その女《ひと》の輝く目力に圧倒され、おもわず眼を伏せたのだった。

若い女はしばし何かを思考するように沈黙し、そして遠くを見るような眼差しで、

「薄紫の里って、確か大きな銀杏のあるところでしょうか」

といった。

〔嗚呼、この女《ひと》はあのときのことを覚えていたんだ〕

大吾は、思わず上ずった声で、

「はい、そうです。小学生のときに、あの大銀杏の前で手を重ねた」

若い女は戸惑いながらも、

「嗚呼ー、思い出したわ、確か薄紫の里では、男の子とお姉さんが居たのだけれど、名前は思い出せないわ・・・・・・」

といった。

「その男の子というのは僕ですよ」

といって、大吾は頭を掻き苦笑いした。

「えっ、あなたがあの時の男の子」

若い女は再び輝く眼で大吾を凝視し、しきりに首を傾げている。

「あの時の男の子って、私のイメージの中にいるのは華奢《きゃしゃ》な子、こんなに大きくなって、あらーまあー」

といって、口に手をあて微笑んだ。

こぼれた笑顔から小学生のとき塩江小学校の校門前で、秋桜《コスモス》の花のように微笑んだ秋子の面影が浮かんだのだった。

大吾の名前は忘れていた。しかし、薄紫の里の大銀杏ことを思い出してくれた。そのことに、大吾は大きな嬉しさが、こみ上げてきたのであった。

「秋子さんって言っていたのは、あなただったのね。源氏名でなく私の名前を知っている人って誰だろうって、母と弟で話をしていたの」

大吾がかぶりつき席から「秋子さん」と声をかけ驚いたように反応したのは秋子の弟だった。弟は、大吾が姉の名前を呼んだことに不審を持ち、母親に知らせた。そのことから舞台袖で大吾の動きを、そっと見ていたことを語ったのである。

「お母さん、あの学生さん、真面目そうな人だけど誰かしら」

「お前の名前を知っているって、何かしら、優しそうな感じの人だけど」

楽屋裏でこういう経緯があったが、秋子親子の大吾へ抱いていた不審な誤解が解けたことから話が弾み、今日が芝居の最終日であること。また、秋子自身も何となく薄紫の里のことを気にかけていたことが判明し、とんとん拍子で塩江の薄紫の里へ行くことが決定したのだった。

翌日の十時、秋子は、約束どおり琴電バスの塩江駅バス停に降り立った。薄紫のブラウスと濃紺のスカートのいでたちだった。バスから降りるとき微しい風が黒髪にそよぎ、ブラウスの薄紫が優しく眼に映えた。

姉の景子は、郵便局の勤務があり、秋子と小学生のとき約束した大銀杏の前で再会できないことを残念がった。

「大吾君」

と秋子はいった。

「ねえ、薄紫の里で市村座がお芝居した場所と、大銀杏の所へ連れて行って下さらない」

その言葉は服装の装いからくるのか、何かよそよそしく昨日の会話と違って別人のようであり、昨日の快活に笑い明るく話した朗らかさが消えていた。

「ほうやの」

と大吾はいった後、しまったとばかりに口に手を当てて、慌てて「分かりました」といい直した。

それからバス停を後にして、秋子と連れ立って歩いた。

大吾は同世代の女性と歩くのは初めてであり、姉の景子と一緒なら景子を介して、いろいろと話し合えるのにと思い、景子のいないことをちょっぴり悔やんだ。二人で居る、そのこと自体、気恥ずかしく慮《おもんぱか》ったのだった。廻りの風景を見るようにして、郷人に気付かれないように、それとなく秋子を横目で見遣った。秋子は眩く、すれ違う人たちの視線が気になって仕方がなかった。

十年前、小学二年生のとき一緒に歩いた幼い女の子がこんなに美しく成長し、胸ときめかす女《ひと》となって眼の前に現れたことに大吾は、少なからず衝動を受けたのだった。

昨日は、舞台衣装の顔であったので素顔が分からなかったが、今見る女《ひと》は成熟し、大人びて見え高校生の自分とは、どうしても同い年とは思えなかった。

切塚商店前のY字路に差し掛かった小学生のとき、塩江小学校から初めて秋子と歩き、秋子は右方向の芝居小屋のある権現神社に、大吾は自宅のある左に進んだ。

今日は右に秋子とともに歩む、そのことが面映《おもはゆ》かった。しかし、このとき秋子と、この道を歩くのはもう無いのかも知れない。というかすかな怯えのような不安が頭に過《よぎ》り、慌てて頭をぽんぽんと手で叩き怯えを打ち消した。この思いが将来、大吾を悩まして行くのであるが、そのときは知る由もなかった。切塚商店から数分で権現神社に着いた。

大吾は直ぐ秋子に十年前、ここの境内で市村座が興行をたて、「巡礼おつる」が演じられたことを告げた。しかし秋子は、あまり感慨をしめさず、お旅所をちらっと見廻した後、大吾に向かって首を軽く上下させた。そして次の目的地である大銀杏に早く行ってと眼で催促したのだった。大吾は戸惑い複雑な気持ちになっていった。秋子自身が案内を乞うたのに、大吾はこの場所で小学生のとき秋子からの手紙を読んで感傷的《センチメンタル》な気分にひたったのに。女心と秋の空というが、娘心というものは分からないと少し立腹したのだった。

日本全国を旅の空で過ごしていると、その土地の人情にいちいち浸っているということも出来ないのであろうか。何となく二人の間の空気は、気まずい雰囲気となり、それから二人は押し黙ったまま黙々と歩いた。

大吾は、何か喋らなければと焦ったが、話す切っ掛けがつかめず、ただ大銀杏を目指して歩くのだった。

小学生のとき、あんなに喋った、あのときのお喋りな秋子はどうしたのだろう。あのときのことは忘れているのだろうか。それとも狐のように化けたのだろうか。小学生のとき、権現神社境内の芝居小屋で秋子の母親が秋子は化けるのがうまいからと言っていた。横にいる女《ひと》は本当に秋子なのだろうか。

小学生のときも「おつる」と秋子の違いが分からず悩んだことがあった。あの時の悩みを再現する思いだった。

小学生のときの秋子は、頬が膨らみどちらかといえば丸顔であった。大吾が横目で盗み見る秋子は、面長の顔立ちであり、放物線で描いたように顎の線がきれいであった。薄紫の里では、これだけの美人はいない。


国道一九三号線の香東川沿いにそって、権現山を通り過ぎたあたりから大銀杏がみえた。二人の間に流れる惰気な閉塞感を打破するように、秋子が大銀杏に向かって突然に走り出したのである。大吾も連られ二人は競争のようにして走った。向かい風が頬に爽やかに通り過ぎていった。

大銀杏の前で秋子は、

「うわー、この大樹《き》だったのね、思いだしたわ」

と無邪気にいった。

そして大銀杏に語りかけるように、そして楽しそうに江利チエミの歌っていたテネシーワルツを口ずさみながらステップを踏むようにして大銀杏を廻った。この大樹との再会を心から喜んでいる風だった。秋子の喜ぶ姿を見ていて、大吾の緊張していた心も氷解していった。


大銀杏をみて秋子は感慨深げだった。しばし大銀杏をみていたが、いつしか何が可笑しいのか、口に手を当てて必死で笑いに堪えている。

大吾が秋子の見ている視線先を重ねて見ると、大銀杏の表皮の一部が変異し、鍾乳洞の乳房ように連なり垂れ下がっている。

その乳房に秋子の目は釘付けになっているのだ。先端はご愛嬌にも乳首があって皆が触るので黒光りになっている。その乳首の形をみて両掌を口にあて、可笑しさを堪えようとしているが肩、背が波打っている。乳頭な乳房が可笑しいのであろう。

大人びてみえたが秋子は、まだ十八歳だ。旅の中で生活し、役者の世界を知っているが、舞台の鬘《かつら》を取れば同世代の少女の心を持ち合わせた十八歳の乙女だった。大吾の気持ちも軽くなっていった。乳房を見るたび秋子は可笑しさに堪えられないのであろう、笑い弾けた。娘十八、番茶も出花という、お箸が転げても可笑しいといって笑う。大吾は秋子の無邪気に笑う滑稽さから、乙女心の不可思議さを妙に感じたのであった。天真爛漫に微笑ましく笑う秋子を見ていて、そのときふっと小学生のときに、この場所で秋子と乳房論争をしたことを思い出したのである。

「この樹をみて秋子さんのお婆ちゃんと、僕のお婆ちゃんのお乳房《ちち》と、どちらが長いか論争したことを覚えている」

と聞いた。

「何《なん》ばい、それ」

と、秋子はおもわず九州弁で喋った。

「秋子さんのお婆ちゃんは、小さいときに負《お》んぶしていた弟さんにピョンとオッパイを出して飲ましたんだって、僕は秋子さんのお婆ちゃんより、僕のおばあちゃんの方がそれより長いって言って、いい争ったんだ。この大銀杏の乳房をみて」

「まー、私が、恥ずかしかー」

透き通るような頬を秋子はうっすらと紅《あか》らめ、はにかみながら自分の顔を指差して、そんなことは言っていないといい、顔の前で盛んに手を振った。

「いや、先に言ったのは秋子さんだったよ」

秋子はますます白い透き通るような顔を紅らめ、猫がじゃれあうような仕草で軽く大吾の胸を叩いた。そのとき、風呂の中で放屁《ほうひ》をしたときのような下濁音が鳴った。その濁音の響きがあまりにも滑稽で一瞬、二人して顔を見合わせてぽかんとし、その後、爆笑となった。その余韻がしばらく続き、秋子は口に掌をあてた。それでもまだ可笑しいのであろう、ついには身体をくの字にして笑った。腹がよじれる程、可笑しいのであろう。

「ご免なさい、私笑い上戸なの」

大吾は、可笑しがる秋子をみていて、意地悪くなり、更に笑わせようと大銀杏の乳房を触って、

「これ秋子さんのお婆ちゃんのオッパイ」

といった。

秋子は、益々笑いが止まらなくなり、笑い皺にうっすらと涙を浮かべ、

「大吾君のバカ、やめてよ、やめてよ」

といって、まえにも増してくの字状態となり激しく笑い、咳き込み、ついに笑涙をこぼした。

天真爛漫な秋子の笑い涙をみていて、大吾にも可笑しさが伝播し、ついに二人して腸がねじ切れる程の大爆笑となった。


「大吾君ってユーモアがあるのね」

「明子さんが、こんなに笑い上戸とは思わなかった」

「秋子さん、小学生のとき姉の景子と一緒に、この大樹《き》に手を重ねて、また会おうねって言ったこと覚えている」

「旅の途中で、大銀杏の下で確かに、お姉さんらしき人と男の子と一緒に手を合わせたことを覚えているわ。そして生まれて初めて手紙を書いたこと思い出したの。大吾君って分かって、急に恥ずかしくなって、さっき権現神社で、そのことを思い出し恥ずかしくなって・・・・。さっきは、つれなくしてご免なさい」

そういって秋子は、ぺこりと頭を下げ、お茶目っぽくペロッと舌を出した。

小学生のとき、権現神社の芝居小屋で秋子の母親から大吾だけ饅頭をもらったことがあった。そのときも秋子は、同じようにペロッと舌を出したことがあった。十年という年月が過ぎても秋子の本質は変わっていないんだ。そう思うと、とても秋子が愛しく思えた。また秋子の素直な告白から、大吾の心の中に小さくわだかまっていた感傷的《センチメンタル》な気分が氷解し、葉月の青空に湧く入道雲のような真っ白の爽快感が胸に拡まっていった。

「いい僕だって、秋子さんのこと丸顔で頬っぺの赤い女の子と思っていたのだから、こんなに美しい人になっているのに」

薄紫の藤房を閉じるように秋子は羞恥しうつむいた。その姿態が何となく可憐で清楚であった。

「大吾君って、お世辞が上手なのね。今まで誰にもそんなこと言われたことなかったわ」

秋子の眼はキラキラと輝き、その輝く瞳で大吾を凝視した。大吾は、みるみる身体中が火照ってくる高揚を感じた。

「秋子さんって、ここへ来たときは、お下げ髪を薄紫のリボンで結んでいたのが印象に残っているのだけど」

秋子は、ちょっと困惑そうな顔で身を縮め申し訳そうに、

「ご免なさい私、大吾君のこと何も思い出せなくて、でも薄紫の里の男の子に手紙を書いた記憶はずーっと残っていたの、そう貴方、大吾君に書いたのね、よかった大吾君のような優しい人で、私あとにも先にも手紙出したのあれが初めて、よほど印象が強かったのね」

大吾は、秋子が年がら年中、旅から旅への道中の中で、それでも随一、薄紫の里の大銀杏の思い出を心の中で、留めおいてくれたことに、少なからず感動したのだった。

「秋子さん、この大銀杏の木に手を重ねて本当に会えたね」

秋子は、黙って小さくうなづいた。

「秋子さん、またいつかこの大銀杏の下で会いたいね」

と大吾はいった。

秋子は素直にうなづき大銀杏に掌をつけた。大吾も、其の上に掌を重ね、もう一度再会することを誓ったのだった。秋子の掌から優しい鼓動が伝わりキュンと胸が高

鳴っていった。

楽しい時間は瞬く間に過ぎ、その間、秋子はよく笑いよく喋った。大吾は、ほとんど聞き役に徹したのだった。

その日の楽しく濃厚した時間は瞬く間に過ぎ、秋子と別れる時間が迫った。しかし、二人の間に流れる青春の高揚は去りがたく、また名残惜しい気持ちが支配し乗船するはずだった関西汽船の午後五時、九州別府行き連絡船を乗り過ごした。そして最終便の午前〇時の最終便に秋子は乗船したのだった。


秋子は、この間、塩江の薄紫の里から琴電バスで高松築港駅に着くまで、ほとんどひとりで喋った。一生懸命に、まるで何かに訴えるような話しぶりであった。話題は主に、今まで演じてきた芝居の話し等であった。大吾は、秋子から繰り返される話が全然苦にならなかった。

小学生のときの秋子も同じであった。薄紫の里から岩部の夫婦大銀杏まで歩いた。そのときも秋子はよく喋った。旅周り劇団の大人の世界にいるが、同世代の友人、親友はいないのであろう。同世代の者に接すると、どうしても感情を抑えきれなくなってよく喋るのだろう。

現在の秋子と、小学生のときの秋子を思い出し、その想いを重ねながら孤愁の話を黙って聞いた。

そんな話しを聞きながらも、ふっと大吾は、秋子とはこれが今生の別れになるのだろうかという怯えのような嫌な不安が頭を過《よぎ》ったのであった。なぜだか分からない、この不祥な気持ちはどこから来るのだろうか。そんな、前途を茫洋するような怯えを慌てて強く心ではねつけ、頭の中から打ち消した。

〔そんなことはない、あってたまるか、この人を幸せにできるのは僕しかいない。この女《ひと》は僕が護る。たとえどんな困難に遭遇しても絶対に護る〕

純真な青年の清潔さで、これからの将来において遭遇する不祥なことが起ころうとも、この女《ひと》を護ろうと心の中で誓ったのだった。

大吾は秋子が繰り出す話をできるならずーっと、この話が永遠に続いて欲しいと願った。一緒にいたい気持ちが猛然と湧き、惜別がつらく離れたくなかった。

この女《ひと》と別れたくないという気持ちが支配していった。

その日の高松築港浮桟橋は、深い夜霧に包まれていた。

「それでは大吾君ありがとう、景子さんにもよろしく、お手紙を書くから待っててね。またあの大銀杏の前で会いましょう、きっとよ」

そういって、秋子は夜霧のなかに梳《と》けていった。

大吾は、別れが去りがたく、秋子を失いたくない気持ちが昂揚《たか》まり身体が衝動的に秋子の後を追った。秋子も同じ気持ちが募っていたのだろう。夜霧の中で立ちとどまっていた。

大吾は、秋子に夢中でかけより、声より早く手を握りしめた。手・足、全身が小刻みに震え涙が一筋スーと頬を伝った。

心臓が大きくひとつ鼓動を打った。

頭は空白だった。震える手で秋子を抱き寄せ唇を重ねた。震える唇が秋子の歯にあたり微かにチチッと鳴った。初めての接吻だった。

大吾の手からすり抜けるように、

「大吾君・・・・・・」

といって、秋子は胸の上で小さく手をふり、夜霧の向こうに消えていった。

慕情の連絡船は、哀愁を帯びた霧笛を残しながら高松港を離れ、名残波がいつまでも波止場に打ち寄せていた。

秋子との初めての接吻は切なく、歯で切れた口腔にほろ苦い青春の淡い残り香がしみこんでいった。

三　慕情

数日たって秋子から手紙が届いた。一日千秋の思いで待った手紙であった。

高松築港浮桟橋の夜霧のなかで接吻したことが仕切りと思い出され、一日として秋子を思い出さない日はなく、手紙が来たときは喜びで表に出て走りたいほど嬉しかった。

秋子からの手紙は、異性に手紙を出すのは初めて〔厳密にいえば二回目だけど、小学生のとき貴方に書いたことがあります〕であることがしたためられ、文面の中にしきりに恥ずかしいということが綴られ、高松築港駅で大吾と別れた後、とても寂しくデッキの上で泣いたことが記してあった。そして最後に一年の大半は旅回りのため、旅先の彼の地から手紙を書くが、その都度、劇団は移動するため福岡県黒木町○○、山口秋子宛に手紙を出して欲しいと書かれてあった。

大吾は、子踊りし益々秋子を想う気持ちが募るのだった。その日から三日といわず、黒木町に手紙を繰り出した。一日に二回も出したこともあった。日常生活、高等学校等での出来事を、それこそこまめに書き記《しる》し、最後に必ず岩部の夫婦銀杏のことに触れた文を入れた。

秋子からの便りは、大体一週間に一度のペースだった。きたときは嬉しく何度も読み返し、遠い旅先に居る秋子を想って感傷的《センチメンタル》になることが多かった。

手紙の内容は、旅回りの出来事を大雑把に記しその土地、その土地の食べ物のことが多く書かれていた。観光等についての記述はあまり書かれてなく、これらのことはどうしても後回しになるのであろう。それでも、その文面からどこの県は渋ちんだの、あの県は人情があるとか面白おかしく書かれ、ほのぼのとした文面から人柄がしのばれた。

昭和四十三年〔一九六八〕大吾は、高校卒業後、大阪市に職を得、小さな印刷会社の社員になった。

その時分の生活は充実し、いつしか秋子との結婚を夢見るようになっていった。手紙に恋情を記し、秋子からも、そのことについてのほのぼのとした香りの便りが、届けられていたのだった。

忘れもしない、秋子の誕生日は十一月三日、文化の日のだった。秋子二十二歳の、その誕生日に大吾は一番気にいっていた秋子の写真を大きくA-四版の大きさにし、その後景は薄紫色を配した写真を作った。そして左の下端付近に文化の日、生まれの秋子お嬢様と小さく記し、その写真を誕生日プレゼントとして送付したのだった。

秋子からは大層喜んだ返信があり、後生大切に持っていると書かれてあった。

大吾自身も後景の薄紫には自身があり、自分自身でも気に入っていた。薄紫色は、色の白い秋子が際立って美しく見える色だった。これは大吾が印刷会社に勤めていればこそ出来た色彩だろう。

大吾は、秋子が気に入ってくれたことを素直によろこんだ。しかし意外なことに、手紙の文面の最後に「今までありがとう、・・・・さようなら、そしていつまでも大吾さんのお幸せを祈っています」と書かれていた。

大吾はその、「さようなら」、と書かれた言葉を少し気にしたが、そのときは別段、深い意味を考えず、秋子特有の軽い冗談《ジョーク》と考えていた。しかし、写真のお礼後、秋子から手紙がくることはなかった。

大吾は、今までどおり変わらずに黒木町に手紙をせっせと出したが、その手紙は宛先不明として返却されてきたのだった。

秋子からの返信は、今まで一週間一回のペースで来ていた。このことは、大吾の気持ちに少なからず動揺を与えた。手紙が来ない。このことは精神上に悪く、なにか秋子の気に入らないことをしたのだろうか。このことで仕事が手につかなくなっていった。手紙のなかでは、自分の気持ちを曝《さら》け出していたので、反対に秋子から来る文面も個人的な悩み、苦悩のことが面々とつづられ、秋子も自分には心を開いていたと思っていた。

近頃は、その気持ちを表すように秋子からの文も頻繁となり二、三日の間には手紙が届くようになっていた。それなのに何があったのだろうか。ひと月近く思考錯愕《さくがく》し、苦悩の日々がつづいた。そのうちいても立ってもいられなくなり、とうとう仕事が手につかなくなり思い悩んだ末に、休暇をとり秋子の居住地である黒木町を訪れた。

福岡県の西方にその町は位置し、秋子の面影が残るような静かな佇まいの町であった。

古い一本道の旧道の外れに秋子の居住した跡〔家屋〕があった。

跡地に建っていた家屋は四軒長屋で、そのうちの一軒を借りて生活していることが分かった。しかし、ひと月前に取り壊され、今は更地になっている。

何故もっと早く来なかったのかと、そのことを盛んに悔やんだ。早く行動を起こしていれば愛しの秋子に会えたのに。自分の不甲斐なさを恨み、悔やんでも悔やみきれなかった。自分の優柔不断な決断の遅さを、このときほど歯がゆく思ったことはなかった。思慮なしの馬鹿だった。

そのとき、更地の空地に小さなつむじ風が突如巻き起こった。そのことが大吾の気持ちを、ますます萎えさせた。

黒木町に流れる矢部川から直《ダイレクト》に吹き付ける師走の寒風は冷たく痛く、その風は大吾の頬を容赦なく打ちつけた。

大吾は、通りすがりの人の良さそうな老婆から秋子の一家は、終戦後からこの長屋に住み、此の地を去所するときは秋子、弟の司郎の姉弟二人で、姉弟は仲がよく、姉の秋子は優しくて皆に親切であったことなどを問わず語りで喋った。

〔嗚呼ー秋子は皆に優しい女《ひと》だったんだ。しかし、何故そんな優しい秋子が僕の前から姿を消したんだ。秋子どこにいるんだ〕

大吾は、薄紫の里、善通寺の芝居小屋の楽屋を覗き込み、秋子の家族は知っていた。人の良さそうなお婆ちゃん、薄紫の里で大吾にお饅頭をくれた母親は鬼籍の人となったことを知った。弟の司郎は、善通寺の芝居小屋で大吾が秋子を見誤った小さな女形《おやま》の子だろうと思った。

そして何よりも晴天の霹靂《へきれき》であったのは、秋子が結婚していたことを知らされた事実であった。老婆は秋子の亭主は知らないが、相手も同じく旅役者の仲間ということだった。そのことを知らされたとき軽い眩暈《めまい》がし、その衝撃から血の気が引き立ちくらみし跪《ひざまず》いた。秋子の結婚後、長屋は潰され秋子は何処へ行ったかも知れない。

〔夜霧の高松築港浮桟橋で別れた。あの日、ふっと秋子は自分の手から離れて行くのではないか、そんなおぼろげながらの悪夢を感じたことがあった。そのときの情景がまざまざと蘇った。夜霧の高松築港で秋子を見送り、哀愁の波止場でずーっと、ずーっと連絡船の去った夜の海を見つめていた。その日、秋子と初めての接吻《ファストキス》を交した喜びもあった。そのとき、何故か秋子は遠く行ってしまうのでは、そういう不安な怯えが心の隅に巣くっていたことも事実であった。その現実がこんな姿で表れたんだ。秋子を慕い、追えば夜霧の彼方に去ってしまう。秋子と自分はそういう宿命の下《もと》で生まれたのだろう。これが現実なのだ。所詮、秋子とは結ばれない運命だったんだ〕

そして、秋子の気持ちが「自分にとっては酷なことだが、もはや自分のところにはかえってこないのでは」とそう悟ったのである。

老婆は大吾と秋子、両人との間が泥《なず》む仲になったことを感じたのであろう、大吾の貌をしみじみ眺めながら、秋子はもうここには戻らないだろう。大方、日本全国へ旅巡業の日々だろうと、気の毒そうにいい、大阪から来た見も知らずの分けありの青年をしきりに気遣い去っていった。

黒木町の矢部川からくる川風のすさび風は荒く、大吾の傷心な心を打ち砕く、寂しく悲しくて、空しく胸が鉛のように重く、容赦なく吹きすさぶ寒風に抗うすべもなく、大吾は失意のうちに黒木町を後にした。

それから秋子の行方は杳《よう》として知れなかった。

四　秋子その愛

印刷会社にとって一番繁忙な月は師走である。

その繁忙が佳境を迎える晦日《みそか》、正確に記すと昭和六十三年〔一九八八〕十二月二十四日、大吾は忙殺的な残業を終え独り寝のアパートへ戻った。帰るというより戻るという形容が相応しいほど会社人間だったのである。

そんな勤務形態の夜、姉の景子から電話連絡で消息不明だった秋子の消息を知らせてきた。秋子の市村座が、吹田市の高浜神社境内で、師走の二十七日まで芝居興行を催しているとの知らせであった。

景子は、大吾と景子の経緯を知っており、そのことから大吾が秋子の面影が忘れられず、今まで独身生活を貫いているのだろうと思っていたのだった。

大吾は景子の気持ちは嬉しかったが、今は日々の日常を恬淡《てんたん》と過ごし、逼塞《ひっそく》した生活に慣れていた。十年一昔というが秋子とは、夜霧の高松港駅浮桟橋の別離から二十年の星霜を経ち、大吾も四十近くの齢《よわい》を重ねていた。この間、秋子の面影を求めて夜の巷を彷徨《さまよ》ったこともあったが、虚《むな》しさだけが残っていった。

その消息を絶っていた秋子が見つかった。

景子からの電話があったその日から恬淡と暮らしていた大吾の胸に、小さなさざなみをもたらせた。胸の中の小さな燻ぶりの火が、徐々に燃え上がるように思慕する気持ちが秋子に傾いていった。景子には悪いが、余計なことをせずに知らせてくれなかった方が、どれほど苦悩せずにすむのかと恨んだりしたのだった。それに今は人の妻じゃないか。あの女《ひと》の面影にいつまで蠱惑《こわく》されるのか。もう忘却した女なのに、しかし今でも、あの女を狂おしいほど思慕する自分の性が悲しい。

印刷会社にとって歳末は最も繁忙なときである。しかし忙殺的な忙しさからも、一時たりともいえ秋子を忘却させることが出来ない。

アパートの部屋で独り寝すると、夜の晦冥《かいめい》が秋子の追憶《おもいで》をつれてやってくる。眠られぬ迷妄から、ますます想いが募ってくる。無性に秋子に会いたい。

〔会いに行こう、いや駄目だ、秋子は人妻なんだ、いい加減に忘れろ〕

頭のなかが狂おしい程、秋子のことで一杯になる。昏迷な葛藤が続く。

会いに行くのは止めよう。所詮会ったところで、どうなるというのだ。今は人の妻じゃないか。今更なんだ、秋子から一方的に別れを告げられ、塗炭の苦しみを味わたのではないのか。あのとき秋子の気持ちが「もはや自分のところにはない」そう悟ったのではないのか。未練がましくいつまでもうじうじとして、男として惨めじゃないか。お前には男としての自尊心《プライド》はないのか。あの黒木町の吹きすさぶ寒風のなかを鉛色の傷心な気持ちで去ったことを忘れたのか。うらみ、つらみ、悔しさの三位一体の辛さは消えたのか。自問自答し苦悶するが分厘《ふんりん》すら解決できる灯りがみえない。

死ぬほど好きだった女《ひと》を敢えて忌避することに自己嫌悪に陥り、そんな夜は鉛色の頭痛が起こり、万力で締め付けられるように胸が痛く慟哭《どうこく》する。せんべい布団に涙が沁みこんでいく。

四十に近い齢《よわい》を重ねながら、自分には青春という青春もなく、青春の微笑《かがやき》といえば秋子との淡い想い出が仄《ほの》かにあるだけだ。それでいい、その美しい想い出だけでいいじゃないか・・・・・、だけど恋しい、苦しい、この胸の内の狂瀾《きょうらん》な気持ちを整理することは、どうしてもできない。やり過す一日一日が辛い。

会いたい、一目だけでも会いたい、狂おしい。いまでも心から秋子が好きだ。もうこの気持ちは抗《あらが》えなかった。好きだからこそ会いたい。会えれば死んでもいい、死ぬほど会いたい気持ちが募り涙に噎《むせ》んだ。二十五、二十六日、この二日間は、秉燭《ひょうそく》の芯が燃えつきるように瞬く間に過ぎていった。

翌、二十七日、今日の日を逃してはもう、永遠に秋子に会えない。秋子は人の妻だ。そっと陰から一目会うだけでいい、それでいいじゃないか。そして今日、秋子の追憶《おもいで》から脱し、自分自身のなかに鐔《わだかま》っている思慕の魂《こん》を断ち切ろう。そう決心し、十二月二十七日、会社を休んだ。

高校を出て会社勤めをしてから二十年、印刷会社にとって一年で一番繁忙の日に会社を休む、初めて会社に背信行為をし胸が痛んだ。会社には風邪という口実をつけた。

ＪＲ吹田駅前の花屋で花束を買った。花屋では種々の季節の花があった。種々の花があることは嬉しかった。

最近ではバイオ技術が進み季節を問わず種々の花を咲かせることが可能になったのだ。つい、数十年前では考えられないことだった。それだけ需要が多く皆、癒しを求めているのだろう。

大吾は、多くの花のなかから、秋子の好きだった薄紫系統の花、紫アイリス等の花を盛り沢山に揃えてもらった。心の中では決別したと思っていても、まだこの場に及んでも秋子に傾いている自分の心が情けなく悲しかった。辛い。

花屋の女主人《オーナー》は、紫で統一された花束を大吾に渡すとき、誰に贈呈するのだろうかという不思議そうな眼をし、軽く首を傾げながら微笑を浮かべて大吾に話しかけてきた。

「あの、このお花、誰にお渡しですか」

「ああ、このお花ですか、高浜神社にきている芝居興行の役者さんにプレゼントするんですよ。そのなかにファンの役者さんがいるんです」

「そうですか、あのお芝居される女の役者さんのなかに、お客さんと同じように紫のお花を買いにくる綺麗な方がいるんですよ。不思議だなあと思って、それでお客さんにお声をかけたんです。すみません」

と女主人はいった。大吾は穏かに言葉を継ぎ、

「その綺麗な方に、お花をプレゼントするんですよ」

「あら、まあお客さんもすみにおけない」

女主人は、微笑み恥らうように、そっと手を口あてた。

大吾は、その紫の花を買ったのは、きっと秋子だろうと思った。そして女主人が、秋子のことを綺麗な方といったことに心が和み、浮き足立ったような気持ちになった。秋子が褒められたことに、大吾もなんとなく心が弾み、嬉しさが込み上げてくるのだった。


二十七日の市村座の客の入りは盛況であった。こんな歳末の繁忙のときに、こんなに多くの観客が入っていることに少なからず衝動を受けた。それだけ市村座が盛況なのだということでもあり、安堵感が静かに広がっていった。

演題は「紙風船」という人情劇で、親子の切なさを演じたものだった。

人情物は、市村座の真骨頂であった。いつの時代においても日本人は人情物が好きなのであろう。現にこんな小さな芝居小屋が一杯になっている。しかし、この人気は、秋子個人の演技力から来ているのではと、感じさせられた。その秋子は直ぐに明らかとなった。秋子の演技から発散される情熱は際立ち観客を魅了した。舞台において、秋子が登場すれば場の空気が華やぎ、その芸から醸し出される演技が他を圧倒するのであった。

秋子が演じる喜怒哀楽の真迫演技を見ているうち目頭が熱くなっていった。

〔秋子は、これほどまでに精進したんだ。ここまで来るのは大変な努力を重ねただろう。秋子はこの世界で生きて行く女《ひと》だ。自分が止め置いている女ではない〕

と深甚に思った。

秋子は、ここの舞台にいてこそ花開き、ここがあの女の世界なのだ。

大吾は秋子の演ずる世界に魅了され、満足感で一杯だった。今まで散々悩んだことは何だったのか。そんな恋情は、ちっぽけなことだと感じ、そんな卑小を恥じた。

あの女《ひと》は、この大衆劇で生きる女なんだ。静かに身を引こう、それがあの女のためにも良いことなんだ。重く塞がれていた蓋が外されたように、心がすーと軽く清々しくなっていった。未練を残さず清らかに、このまま立ち去ろう。

観劇が終了し、その席にそっと、愛しむように花束をおいて席を立った。

市村座を出たときには、後を振り返らなかった。これで終わったんだ。秋子は大衆劇の世界で生きているんだ。

大吾は、秋子から身を引いたことに、もう何の憂いもなかった。二十年ぶりに見た秋子は相変わらず美しく、久しぶりに心の中にミントの香りのような爽やかな微風が広がっていった。会いにきてよかったと心から思った。

大吾も人並みに見合いし、また付き合った女性もいたが何故か縁遠く、今まで独身生活を謳歌といいたいが、仕事、仕事に追われて過ごしてきた。

今度こそ秋子との想い出から離別できる。あと五日もすればお正月だ。新たな再出発をしよう。そう思って旭商店街の雑踏のなかで足を速めたとき、

「藤島さん、藤島さーん待って〜」

いつか、どこかで聞いた懐かしい声が聞こえた。

おもわず振り返ると、秋子が歳末で雑踏する商店街のなかを一条の光を差すように

花束を掲げて走り寄ってきている。

駈けてくる秋子の姿が、スローモーションのように投影され、映画の一シーンをみているような錯覚に陥った。

大吾も思わず手を振りながら秋子を待った。まるで映画の主人公のような快事を覚えた。花束は、大吾が市村座の芝居小屋の席に置いてきたものだった。

「秋子さん」

「藤島さんでしょう。藤島さんでしょう」

秋子は、息せき切ってきたのか、胸に掲げられていた花束が、たわわな胸の上で大きく上下に揺れた。秋子の透き通った顔に紫で統一されたアイリス等の紫の花は、いっそう優美に秋子をひきたてた。

夜霧の高松築港浮桟橋で別れて以来、二十年振りの再会だった。

「・・・・・秋子さん」

「・・・・・」

「秋子さん・・・・お久しぶり・・・」

「ううん・・・・・秋子じゃないの」

秋子は意外なことをいった。そして、躊躇しながら
「私、秋子じゃありません。秋子の娘《こども》です」

と応えた。

「えッ・・・・秋子さんじゃない」

大吾は驚愕の顔を浮かべた。

「ええ、母はもういないんです」

「えっ、・・・秋子さんがいない、どういうことですか」


大吾は、突然の出来事に狼狽し、この女《ひと》が秋子でない。そうすれば、、、・・過ぎ去った二十年前を思い出そうとしたが、走馬灯のような儚い追憶は混濁し謎は深まるばかりであった。

詳細な経緯を聴取するため、その女《ひと》を近くにあった商店街の喫茶店に誘った。喫茶店の席に座るやいなや大吾は、驚く心をおさえていった。

「秋子さんがいない、それはどういうことですか」

その女は瞳からしぼりだすような、悲しみの声で、

「母は、五年前に亡くなったのです」といった。

「え、亡くなった」

秋子はいないということは、先ほどの会話で聞いていたが、まさか鬼籍の人になっていたとは、その言葉を聞いて大吾は絶句し、その場で虚脱状態となり、座っていたソファーに全身の力が腑抜けたように抜けて行き腰が深く沈んでいった。

大吾の深い悲しみを知ったのか、その女《ひと》は、目頭に、そっとハンカチをあてた。そして少しの沈黙をおいて、静かに悲しみをしぼりだす声で、母の秋子が亡くなったこと。死因は肺がんであり、母は死に臨んで大吾から送られてきた、母〔秋子〕の写真は娘の自分に、そして二百五十通に余る手紙は、焼却処分に欲しいと託されたことを静かに話したあと、自分は秋子の娘で、秋穂《あきほ》という者ですと名乗った。

大吾は、秋子に生涯、数度しか会っていない。

思い出すのは、一度は小学生のときに秋子が塩江小学生に転校してきたとき、二度目は、高校生のとき薄紫の里の岩部の夫婦大銀杏でデートし、夜霧の高松築港浮桟橋での別離等で、その後は会っていない。しかし、ここに見る秋子の娘、秋穂の仕草、語り、どこをとっても母親の秋子に似ていると思った。

秋子が本当に鬼籍の人になったのか、驚き、悲しみを通り越して邂逅な気持ちで秋穂の語りに耳を傾けた。

「藤島さんから送っていただいた、あの薄紫色を後景《バック》に撮った母の写真、あの写真、母はとっても気に入っていたんです。母はいつも写真を見ていました。私、母の気にいっていたあの写真を母の遺影写真にしたんです。母もきっと喜ぶと思って」

母子は、似るのだろうか。秋穂も母親の秋子と同じように猛烈に喋る歯切れのよい言葉の波長から、薄紫の里で秋子と楽しく共有した時間に戻されたような夢幻に陥り、秋子と一緒にいるようだった。亡くなったことが信じられなかった。しかし、遺影写真の話を秋穂から聞かされて現実に目覚めた。

〔そうか、そうだったのか、あの写真を・・・・・〕

それほどまで、自分を思っていてくれていたのか。しかしながら、自分の想っている男《ひと》の遺品は、自分で処分するのが中庸であるが、それを娘の秋穂に託したのは何故なんだろうか・・・。

秋穂によると母親の秋子は、役者は健康が大事といって定期的に健康診断を受診したが、その診断直後に肺癌が発症し、次回の受診する一年後に受診した時には、癌が全身に転移しており末期症状で緊急入院したそうだ。しかし、そのときは、もうすでに自分の身の上の整理を許さぬほど病状が急転しており、思い悩んだ末にそれらの遺品の整理を愛娘に託したとのことであった。

「母は、父のいないところで藤島さんからきた手紙を、絶対に読まずに燃やしてと言いました。しかし私、母には悪いけど中身を読ませてもらったんです。それで藤島さんが、どれほど母を愛してくれていたことが分かりました。

そのなかで私の名前、秋穂・・・・・命名の意味も分かりました。母が父と喧嘩してでも絶対、私の名前は秋穂だっていい張って。私、母からは秋子の秋は母の一字からだって、穂は秋に実る頭を垂れる稲穂から取ったって。母は、いつもいい名前だろうって言っていたの。でも手紙を読んで秋穂の名は、藤島さんが考えたのですね。・・藤島さんが私の名付け親なんですね」

といった後、秋穂は喋りを止め、しんみりとしうつむいた。そして僅少な間をおき、顔を上げた後は、努めて明るく振舞い、言葉使いも融話になっていった。

「お母さんにも、爽やかな青春《はる》があったんですね。藤島さんの様な清純な人と恋愛《こい》をしていたんですね。それに藤島さんは、お母さんが初めて口づけした人なんですね」

とおもむろに言った。大吾は、繋ぐ言葉もなく驚き、心臓が凍った。

「違う、違うんだ、僕は只、お母さんを好きになり一方的に想っていただけなんだ」

と、口ごもっていった。

「ううん、違うわ、お母さんも藤島さんが大好きだったの。お母さんの初恋の人だったの。私、分かるの。お母さんの娘《こども》だから。だからこそ分かるの。お母さんが病床で一度だけ、大銀杏の話しをしたことがあるわ、なんでもお母さん初恋の人とデートしたって。そのときのお母さんって本当に夢見る乙女のようだった。私、手紙を読んで、それが藤島さんってことがすぐ分かったわ。お母さんと藤島さんは心の中で結ばれていたんですね」

そして、秋穂はまっすぐに、大吾の瞳を見ていった。

「藤島さん・・・これからおじさんって、言っていいでしょう。私の名付け親なんですから・・・おじさんで良いでしょう。おじさんの所にお母さんがお嫁さんにいって子供ができたら、秋子の秋と、秋に実る稲穂の穂から一字とって、秋穂がいいって書いてあったのを読んで・・・私、とても感動したの」

秋穂は、母の秘密を知ったことを悪びれることなく告白するのであった。

大吾も仮に秋子と結婚していれば、きっと娘の名前は秋穂と命名していただろうと思った。

秋穂から繰り出すテンポの良い喋りに、心地よい安らぎが生まれていた。それにしても喋るテンポ、仕草、母親の秋子とよく似ている。今十八歳位だろうか。その年齢であれば、秋子が二十二、三歳のときの子供だ。秋子と結ばれていたらこんな大きな娘《こども》がいるんだ。そう思うと秋穂がとても愛おしく思うのであった。

秋穂の快活に喋る声から、いつしか大吾は秋子と高校生のとき、岩部の八幡神社の大銀杏の下で、甘酸っぱいデートしたときのことを思い出し、その早春の賦に回顧していった。今まで生きてきた人生のなかで、あの時が一番楽しかった。美しくもほろ苦い青春の淡い一コマだった。

秋子との想い出が頭のなかをかけ巡っているとき、秋穂が現実に還すように、

「そうそう、おじさん、私のお父さんとお母さんは、許婚《いいなずけ》だったんですって」

「えっ、許婚・・・知らなかった」

秋穂からの言葉に、大吾は秋子が逝去していることが、判明したとき以上の衝撃を受けたである。

秋子に許婚がいた。青春の美しい四季《とき》においては、秋子との間に隠し事はないと思っていた。この言葉の棘にもう一度、奈落の底に落とされた悲しみを味わった。

〔女って、女ってなんだ〕

今まで秋子に秘めていた愛しさが、波に飲まれる砂山のように一瞬に崩れ、悲しみから貌が蒼ざめていった。

秋穂は、大吾の心の中に眠る深層の悲しみを知ったのだろう。

「おじさん、ご免なさい。私、知っているとばかり思っていたの。でもお母さんのことを嫌いにならないで。お母さんもおじさんとのことは、真剣に悩んだんです。病床で聞いたの。でもお爺ちゃん、お婆ちゃんは絶対駄目だって、許さなかったんで

す。お前には許婚がいるだろうって。お母さんは何度も、家出しておじさんの所に行こうとしたんです。別府から連絡船に乗って・・・・でも連れ戻されたって。お爺ちゃん、お婆ちゃんは藤島さんって、かたぎの家の子だろう。そんなところに行っても、いつか追い出されて幸せになれないって、絶対に許さないって」

そういうと、秋穂の目じりから大粒の玉がポロポロと零れ落ちた。

大吾は、秋穂の話を聞いているうちに、秋子の身の上に起きた事情を察して胸が痛んだ。そして、一時においても秋子の愛を疑ったことに身を恥じた。

「それで私、いつかおじさんが、現れるのではと、いつも気にかけていたの。紫の花束を持っておじさんが来たときは、本当に嬉しかったわ。今思えば、お母さんも、いつも観客席を気にしていたような気がするの・・・。おじさんが来たときは直ぐ分かったわ。だってお母さんが好きだった薄紫のお花を持ってきたでしょう。お花を紫に統一していたでしょう。おじさんの田舎は、薄紫の里という所でしょう。手紙の中身を読んでいて知っていたの。おじさん、ごめんなさい。それでお芝居が終わった後、観客席をみると花束だけ置かれていて、私、紫の色から、直ぐ直感したの、あれはお母さんに持ってきた花束だって。それで、直ぐおじさんを追いかけたの。見失わないかって、それはそれは心配で、心配で必死で走ったんだから。本当におじさんに会えてよかったわ・・・それに、お母さんが好きになるだけあって、おじさんって本当に素敵な方《ひと》」

秋穂の飾らない無邪気な一言に、大吾は照れほのぼのとした温かい灯が胸に広がっていった。

「おじさん、結婚しているんでしょう。子供は何人」

秋穂からの突然の問いに、大吾はうろたえ頭を掻き照れながら、

「いや、僕は独身だよ」

「えっ、それってお母さんのせい」

「いや、僕は駄目男なので、それでまだ独り者だよ」

それっきり、今までもうスピードで喋っていた秋穂の喋りが、忖度《そんたく》し止まった。

秋穂は、なにか悪いことをした子供のようにうなじを垂れ、その後、沈黙がつづいた。大吾もなにか言いだそうとしたが、切っ掛けが見つからない。沈黙を破ったのは秋穂からだった。

「おじさん、おじさんごめんなさい、変なこと聞いちゃって。てっきり結婚しているのだと思っていたの」

「いいんだよ。それはそうと秋穂さんのお母さん、秋子さんが言っていたけど、福岡の黒木には薄紫に咲く大きな藤の木があるって聞いたのだけど。そしてその花の咲く頃、招待するって」

秋穂は驚き、美しい瞳を輝かやせながら豊かな胸に大きく息を吸った。そして、

「へぇー、お母さん、そんなこと言っていたの。黒木には本当に大きな藤の木があるの。二メートル程の太さで、そんな大きな木が何本もあるの枝張りは五十メートルに届く大きさなのよ。なんでも後醍醐天皇の王子《こども》が植えたんですって」

といって秋穂は、身振り手振りで黒木の藤がどれほど素晴らしいかを称《たた》えた後、なにか思い出したように遠くを見る瞳となり、花が萎れるようにうな垂れながら、

「私、小さい頃、お母さんに連れられて、黒木のお花を見にいったの。そして満開の花の下で遊んだわ。藤の房から花の香りがして、お母さんに抱っこしてもらって、その香りのなかで・・・藤の花をみるとお母さんを想い出すの」

そういうと秋穂は、藤の花が房を閉じるような瞳の残像を残して静かに眼を閉じた。

秋穂の醸し出す語りから、大吾もいつしか夢の中に誘われ静かに眼を閉じていた。

〔満開の藤の下で、大吾、秋子そして幼い秋穂が遊戯に嵩じている。おーい秋穂ちゃん、こっちよ、こっち、秋子が優しく声をかけ大吾が追いかける。秋子のたなびいた髪が風にそよぎ藤色に映えている〕

「おじさん、おじさん、ご免んなさい。私の話しばかりしちゃって。おじさん、どうかしたんですか」

秋穂の心配そうな声で、大吾は我にかえった。

「ううん、ご免、ご免、秋穂さん、いい話をありがとう。いつか僕も黒木の花を見に行きたいな」

「おじさんなら、いつでも歓迎するわ。それより先に、おじさんの田舎の薄紫の里に、大きな夫婦銀杏があるでしょう。私そこに行きたいわ、おじさんがお母さんに出した手紙に必ず夫婦銀杏のことが書かれているんですもの。そこで私も銀杏のことを知ったの。それで私もその大銀杏みたいと思ってたの」

「えっ、そんなことまで知っていたの、恥ずかしいなぁ。あの夫婦銀杏はおじさんの田舎、塩江の岩部という所にあるんだ。夫婦銀杏は秋穂さんがよければ、いつでも連れて行ってあげるよ」

そういうと大吾は、何か考えごとをするように思慮深く眼を伏せた。

「おじさん、どうかされたんですか。お母さんが大銀杏のことで何かおじさんにお願いしていたのですか」

「ううん、大銀杏のことじゃないんだ」

「大銀杏のことでないとしたら、ほかにお母さん何か、頼んでいたのですか」

「いや、もういいんだ秋穂さんに、こんなこと言うと笑われるから」

「おじさん言って、私にできることなら何でもしますから」

「それじゃ秋穂さん、こんなこと頼んでいいかい。笑わないで聞いて欲しい。おじさんも結婚していれば貴女《あなた》ぐらいの娘《こども》の親になっていると思うんだ。おじさんの心の中にいる娘になってくれないかなぁ」

躊躇することなく、つい知らず知らずに、それでいて迷わずに出た言葉だった。

大吾もいった途端、後悔し赤面したが、秋穂はあっけからんとして素直に大吾の言葉を受け入れた。秋穂とは、まだ会って二時間も経っていない、それなのにとんでもないお願いをした大人としての自分の軽率な分別なさに、穴があれば入りたい気持ちだった。秋穂から醸し出される若い芳醇な香りに触発されたのかも知れない。しかし、うっかりとはいえ話したことに迷いはなく、むしろ爽快で、湧き立つ喜びがあった。

「うわ～本当、おじさんありがとう、嬉しいわ。おじさんの娘《こども》なら、いつだってなるわ。そうよ今日から私、おじさんの娘よ。お母さんもきっと喜ぶと思うわ。だっておじさんの娘になるのだから。今日、帰ってお仏壇に報告するわ。お母さん天国で喜ぶわ」

秋穂はそういい、清々しい喜びを全身で発散させ、その感動がたわわな黒髪に伝わりはじけるように揺れた。

大吾は、今まで背負ってきた暗いマントで覆われていた胸のなかの闇が、静かに取り除かれて行くのを感じた。久しぶりに爽やかな日本晴れのような気持ちになり、青空の心が大きく広がっていった。

「お母さん、今日喜ぶと思うわ。おじさんからこんなに沢山のお花を頂いて。大好きな紫の花ばかり」

大吾は、秋穂の携えてきた花束は、あらためて秋子のご仏前に供えるよう頼んだ。このお願いを秋穂は靄然《あいぜん》として受け入れた。母の秋子は、紫色の花が大好きだった。秋穂は、いつも仏前には紫色の花が絶えないよう供えていることを告げた。そういうと秋穂は鼻声になり、愛しそうにそっと花束を胸にかかげた。

大吾は、滋賀の草津に帰るため東海道線のＪＲ吹田駅に向かった。秋穂の見送りは丁重に断わったが明るく拒否された。今日の邂逅は、秋子からの諧《かい》和《わ》だと思い、その厚意に甘えたのだった。

「おじさん、いや今日からはお父さんね。お父さんお元気で、お父さんの住所は知っていますのでお手紙を出します。待っててくださいね。それではお元気で、きっと薄紫の里に連れて行って下さいね」

二十年前の高校生のとき、夜霧の高松築港浮桟橋で秋子を見送ったが、今日は娘の秋穂に見送ってもらった。感無量だった。

車窓からみる秋穂が秋子にみえ、プラットホームから静かに遠ざかっていく。

秋子との想い出が走馬灯のように浮かんでは消え、夜景の彼方に消えていった。

〔秋子さん、今日の夜景はあなたへの鎮魂の送り火だ。秋子さんさようなら。美しい青春の想い出をありがとう。あなたは僕の追憶のなかにいつまでも生きています。そして今日、あなたの最愛の娘、秋穂さんを授かりました。秋子さん、幸せの天使《キュピット》をありがとう〕

秋子、その愛の涙が、とめどなく頬を伝ってこぼれ落ち、追慕の魂が床に滲んでいった。

奥野千本桜

「良《よ》っちゃん、今日が最後だね」

「うん、芳兄《よしにい》ありがとう」

「ううん、良っちゃんとこうして通学できたこと、本当に楽しかったよ」

芳夫《よしお》が、そういうと良子《よしこ》はうっすらと涙ぐんだ。

芳兄と良子の二人しての通学が始まったのは、良子が安原小学校入学日のときから、そして今日、芳兄が安原中学校を卒業したことから最後の日であった。

芳兄の住む西谷郷からさらに一キロ上流の奥野の郷に良子の家はあり、奥野から西谷まで良子の祖母ヤイ婆さんが良子を連れ、小学三年生の芳兄が、ヤイ婆さんより良子を引き継ぎ二キロ下流にある安原小・中学校へ通ったのである。雨の日も、風の日も二人して通学した。そんな七年間の思いが込上げ良子は涙したのだった。

芳兄も小学一年生の良子が赤いランドセルを背負い、ヤイ婆さんに連れられて家に来た日のことを昨日のように覚えている。おかっぱ髪でリンゴのような紅い頬っぺの女の子だった。良子はヤイ婆さんに促され、両親そして芳兄に向かっておずおずとお辞儀をし、ヤイ婆さんと別れるとき、後を追ってくずった。あの日から、はや七年もたったんだ。芳兄と良子の家とは戦国時代に内場城主であった藤澤新大夫を先祖とする藤澤家であり、そんな家絡みのこともあって良子の通学を頼んできたのであった。ヤイ婆さんは、当初においては西谷まで良子を連れ、下校時も迎えに来ていたが、いつしか芳兄が奥野の良子の家にまで出向き、そして下校についても、つれ帰るようになっていった。

良子は芳夫を兄のように慕った。兄弟のいない芳夫も良子を実の妹のように「良《よ》っちゃん、良っちゃん」といって可愛がった。それが明日からは離れ離れになる芳兄の東京への旅立は、未来へと続く希望への旅立ちであったが、良子としてはいつも傍にいて見守ってくれた芳兄が居なくなる。そのことに感傷的《センチメンタル》になったのである。

「困るなぁ良っちゃん、泣きべそかいちゃ。僕は東京へ行くけど、盆、お正月には帰ってくるけん。良っちゃんも中学を卒業すれば東京においでよ」

「ウン、私《うち》も芳兄のいる東京に絶対に行くわ」

・・

昭和三十二年度（一九五七）、芳兄は安原中学校を卒業し、東京芝浦のトーシバ工業に就職し、苦学生として夜間の高校にも通った。

芳兄は良子に約束した通り盆、正月に帰省し、良子の家には手荷物一杯の土産を持参したのだった。その土産の中には良子のお目当ての通学用の運動靴も入っていた。芳兄は東京へ行くとき「良っちゃん、お土産は何がいい」といい、良子は「運動靴」といった。

良子にとって運動靴のプレゼントは大変嬉しかった。中学では誰もそんな高級な運動靴は履いてなく、初めて運動靴を履いて登校するときは面映い気持ちで、自慢の運動靴であった。運動靴は高級で履き心地がよく、最初の頃は水たまりがあると靴を胸に掲げてピョーンと跳んだほどだった。しかし、どんな高級な靴でも通学で半年間履くとくたびれてくる。そんな待ちに待った盆、正月時分に芳兄が帰省したのだった。手荷物の中には良子の心待ちしていた運動靴がいつも入っていた。嗚呼、芳兄が約束を守ってくれたんだ。運動靴を心待ちにしていた良子にとって、芳兄は頼れる兄貴であった。

良子は安原中学校を卒業し、高松市の丸善高等学校に進学、これからの時代に女子教育は必要だとする父親の奨めであった。芳兄は良子の進学を大変喜びお祝に学生鞄・革靴が送られてきた。この革靴は東京銀座の松阪屋百貨店の誂物であり、靴の甲頂部にワンポイントの小さな星がついていた。センスがよくて、特に良子の通う高校は女子校ということもあって級友に羨ましがられた。

「いい靴ねぇ良子、この靴、彼氏に買ってもらったん」

「ううん、東京に行っている兄さんからのお土産なの」

良子は自慢げに級友にそういった。芳兄からは、それ以外にいろんな土産物をもらった。東京で流行っていたセーター、スカート、ワンピース等々。それらの服を着用し、級友に自慢したのだった。また芳兄は帰れば良子をつれて高松のライオン映画館で珍しかった洋画を鑑賞。瓦町の洋食屋で当時としては最高級のご馳走であったビフテキ、カレーライスを食べさせてくれた。

・・

昭和四十四年〔一九六九〕八月、ある盛夏の昼下がり、良子が車で国道一九三号線の琴電バス塩江行きの川東停留所の前を通りかかると芳兄の母親、昌子おばさんが手荷物をぶら下げバスを待っていた。何となく疲れた様子であった。

良子の嫁ぎ先の川田家は、乗り合いバス停の近くであったことから、良子は昌子おばさんが琴電バスを利用し、西谷から定期的に川東の小比賀商店に買い物に来ていることを知っていた。そんなことからバス停留所ではよく買い物帰りの昌子おばさんを見つけると、気軽に声を掛けた。しかし、その都度さりげなく断わられていた。「あー、ええよ、ええよ、バスで帰るけん」昌子おばさんは、そんなもの言いをしたのだった。そんな会話が重なり、いつしか良子は、昌子おばさんをバス停で見たときは悪いと思いながらも素通りしていた。しかし、その日は午後の日差しが強くて蒸し暑く、どうしても見過ごすことが出来ず声掛けをしたのだった。

「おばちゃん、私よ奥野の家に帰るとこなの乗っていかない」といった。

「ああー良っちゃんか。それじゃ乗せてもらうわ」そう言って、珍しく昌子おばさんは車に乗り込んだ。

玉のような顔の汗を拭いながら昌子おばさんは、助手席に乗り「すまないねぇ、すまないねぇ」と仕切りにいい、良子に向かって微笑んだ。

良子は車を発車させ、気軽な世間話をした後、何気なく「おばちゃん、芳兄に長いこと会ってないけど元気」といった。そのとたん、昌子おばさんは急に黙りこくなり、不機嫌になった。そして貌をプイと助手席の窓に向けた。車内に小さな木枯らしが吹くようなきまずい空気がながれた。何かおばちゃんの気に食わない事を言ったのかしら。いつも温厚な昌子おばさんのただならぬ態度に、良子は「おばちゃん、どうしたの芳兄になにかあったの」と再度聞いたところ、昌子おばさんは「芳夫は死んだけん」とつっけんどんにいった。

思いもかけぬ突然の冷たい響きの言葉に、良子は一瞬、頭が空白状態となり動転し、急ブレーキを踏んだ。車に轢かれた猫の断末魔に叫ぶうめき声のブレーキ音が谷間に響いた。

狼狽していた良子は、やっとのことで気を取り直して「おばちゃん、どうして、なぜ言ってくれなかったの」と言うのが精一杯だった。「芳兄」が死んだ。あの優しい芳兄が死んだ。信じられなかった。呆然とする良子の臓腑を鷲掴みするように、「死んで、もう五年経つ」昌子おばさんの貌は蒼ざめ、身体は小刻みに震え憎悪に満ちた眼で良子を睨みつけ言葉を放った。

「あんたに知らせようと思った。そんとき、あんたは結婚したばかりだったし、それで黙っとった」険悪で、それでいて悪意に満ちた言い方だった。

いつも「良っちゃん」と言って愛称で呼んでくれていた。そんな優しい昌子おばさんから棘の刺さったような「あんた」という言葉をあびせられ、芳兄の死の現実が受け取れなく、握っていたハンドルも振るえ全身が動揺している中であったが、そんな胸中を構うことなく、昌子おばさんは容赦なくまるで洪水ように一方的に喋り、良子に話の隙を与えなかった。そして、その怒りの渦を良子に集中させた。

「あんた本当に知らなんだん。芳夫はあんたを好きだったんよ。あんはそれを知っていて袖にして、芳夫をアホにして、小学校のときから中学の卒業まであんたを送り迎えしたんや。好きでなければそんなことできんわ。それにあんたんとこのヤイ婆さんが、家にきて私と父さんに、あの子は器量が悪いんで芳夫さんの嫁にしてくれってていつもいつも言っていた。そんなことをいつもいつも言われていれば芳夫だってその気になるわ。それにあんたもあんただ、芳夫が中学を卒業するときに東京に行くって言ったやろ。芳夫から聞いていたわ。芳夫が東京から帰ったときも、あんた東京に行くって言ったそうじゃないか。芳夫の気持ちを思うと、本当に可哀そうで可哀そうで。あんたはいつも幸せそうに旦那さんと子供乗せて奥野に帰って来た。そんなとき農作業をしていた私は黙って横をむいてやり過していたわ。あんただけ幸せになって。だからバス停であんたに会ってもバスに乗るのを断わっていたんや。でも芳夫の七回忌を終えたことから、今日あんたに声を掛けられたとき、もういいかって、いつまでもそうしていると芳夫が悲しむと思って、それで車に乗ったんや」

西谷で昌子おばさんを車から降し独りになると、昌子おばさんの言葉が堪えた。昌子おばさんは、小学生のときから今まで愛称で「良っちゃん」と親しく言葉を交わしていた。西谷のお母さんであった。そのお母さんから他人行儀の「あんた」呼ばわりは、今まで一度足りとてされたことがなかった。しかし、本当に今日の今まで、昌子おばさんに悪いが芳兄が死んだことを知らなかった。

〔芳兄とは二十歳のとき、私が成人式の日、芳兄に結婚したい人がいるというと芳兄は笑って、そうか幸せになれよって祝ってくれた。私の気持ちの中では芳兄はいつまでも兄であり、大きな懐でいつも私を包んでくれる大人であった。兄として慕いつづけ甘えていた妹だった。兄妹愛だった。そんなことから芳兄は、好きになってはいけない人と思い芳兄に恋愛感情は芽生えなかった。芳兄も私を妹と思って扱い、そんな恋情な感情は一度足りとて出さなかった。そんな兄として慕っていた芳兄が、私に好意をもっていたことを知らず、また気付かなかった。でも今となって考えてみれば、芳兄はいつも私に愛のさざ波を送ってくれていたんだ。そう、あの高級な運動靴、東京で流行のセーター、スカート、ワンピース、あれも、これも証の一つなのに。そんなことに私は気付かず〕

良子は芳兄の死という辛くて重い現実と、兄として慕っていた芳兄が、良子に好意を持っていたことを知らされたとき、動転するほどに驚いた。昌子おばさんとしては、良子も芳兄に好意を持ち、相思相愛でいつか二人は結婚するものと思っていたのであろう。それを良子が一方的に裏切ったと思ったのだ。許せない恨みの気持ちが沸くのは当然の成り行きであった。だから昌子おばさんは、あんなに激怒したんだ。積年の恨みを爆発させたんだろう。昌子おばさんに、芳兄との間は、恋愛関係じゃない、それは誤解だと反論しょうとした。でもどうしても言えなかった。昌子おばさんから芳兄が良子に好意をもっていたことを知らされた。そのとき驚きと同時に、胸がキュンと切なくなり、全身の血がストンと胸の腑に落ちた。そのとき何か分からない大きな力で、その腑が全身を駆け巡った。その一瞬遅れ馳せながらに気付かされた。「芳兄・・・」衝撃が頭を駆け抜け、潜在意識の中に隠れていた慕心が目覚めた。良子も芳兄が好きだったんだ。その万感からの思いが胸にからみ、溢れる悲しみを抑えきれず泣きにないた。

「芳兄」

芳兄との楽しかった、またほろ苦い想い出が走馬灯のように浮かんでは消えて行く。

学校帰りの畦道で、幼い良子は疲れたといっては「芳兄負んぶ」といった。芳兄は「良っちゃん」もう少し歩こうよ、といって手を引いてくれたが、良子は駄々をこね大泣きに泣いた。「良っちゃん、分かった分かった」といって、いつも負んぶして連れて帰ってくれた。ときには芳兄の背中で寝入ったこともあった。暖かかった。小用がしたくなると、芳兄は西谷川の木陰に連れて行ってくれた。「良っちゃんここで、し」、「芳兄あっち向いてて」、小用は小川のせせらぎに消えていった。

昌子おばさんの言うとおり、芳兄は確かに「良っちゃん、東京においでよ」といった。芳兄は将来を夢見ての結婚の誘いであったに違いない。しかし、良子は東京に行っている兄が妹に「東京に遊びにおいで」と捉えたのである。ここに両者の悲喜劇があった。

良子は、芳兄と西谷川の四季の移ろいの想い出が巡り来る毎に胸が熱くなり涙がこぼれ落ちた。春の芽吹き、夏の繁みの中での川遊び、秋の実りの柿を食べ、冬の雪景色いつも一緒だった。いつも甘え駄々をこねた。そんなとき芳兄は、いつ微笑み暖かい真綿のような愛で包んでくれた。芳兄はそんな気の優しい人だった。

「芳兄、芳兄」

翌朝、良子は居ても立っても居られず思い余って西谷の昌子おばさんの家に出向いた。

紺菊を携えた良子をみて、昌子おばさんは静かに家の中に招き入れてくれた。良子は、昌子おばさんに断わられたときは、一度だけで言い仏壇に合掌させて下さいと、土下座する覚悟できたのであった。昌子おばさんは良子の悲壮な貌を見てとり、その胸中を慮《おもんぱか》って招き入れてくれたのであろう。

仏壇に芳夫の遺影が飾ってあった。穏かに笑っている。遺影を見ていると優しい「芳兄」の面影が浮かんでくる。昨日、湯船の中で思いっきり泣いたのに遺影を見るともう涙がとまらない。

「良っちゃん、もういいよ。ありがとう。良っちゃんの気持ちはよく分かったよ。良っちゃんに来てもらって芳夫も喜んでいると思うよ」

「おばちゃん」

「昨日はごめんよ。良っちゃんに強く当たって」

「おばちゃんごめんなさい、私がもう少し大人の女であったら芳兄さんの気持ちを汲んであげられたのに、私が馬鹿だったの」

「そんなこと言っちゃ駄目だよ。芳夫がもう少し積極的にしなければならなかったのに、あの子の人のよさが災いしたのよ」

「芳兄、おばちゃん、ご免なさい」

良子は、そういうと畳みに伏し泣き崩れた。

〔私が悪い、芳兄の気持ちを汲めなかった。芳兄はずーっと私に愛のさざ波を送りつづけてくれていたんだ。中学、高校を卒業したときも私は東京に行くといった。芳兄はずーっと、ずーっとその言葉を信じて待っていてくれていたんだ。それを反故にして、私は高校を卒業すると今の夫と恋愛し、そして結婚した。いい気なもんだった。それなのに芳兄は「良っちゃん、幸せになれよ」って笑って祝福してくれた。芳兄がどんな気持ちで東京に帰ったのか。芳兄は東京に帰った後、流行性感冒《インフルエンザ》から肺炎を併発させ四十度近くの高熱を一週間発し、それが悪化し回復せぬままに死度へと旅だった。あのとき、私のことがなければ、生きる希望さえあれば死ななかった。私の結婚が引き金になったんだ。私が殺したようものだ。昌子おばさんが私を恨むのも無理はない〕

「良っちゃん、もういいよ。あまり泣くと芳夫も心配して浮かばれないよ。良っちゃんの気持ちは芳夫に届いたよ。もう泣いたら駄目だよ。今日は良っちゃんが来てくれて、草葉の陰で芳夫も喜んでいると思うよ。もう泣くのはおよし。良っちゃんありがとう。今日は良っちゃんが来てくれたことを芳夫、お父さんにも明日お墓に行って報告するよ」

おじさんも亡くなっていた。良子は茫然となり驚きの声をあげた。

「ええー、おばちゃん・・・、おじさんも亡くなったの・・」

「芳夫が亡くなって、半年後の夏の盛りに、草刈していて急性心不全で亡くなった。もうこの家には私ひとりになった。でも芳夫、お父さんの想い出が一杯詰まっている家にいるから寂しくないよ」

昌子おばさんは、それ以上は涙で言葉が出てこなかった。

あの優しいおじさんも亡くなっていた。そのことに良子は二重のショックを受けた。おじさんも私が殺したようなものだ。昌子おばさんはどんなに辛く、そして良子を恨んだだろう。その苦悩を想像しただけで胸が痛み涙が込み上げてくるのだった。

「おばちゃん・・・ご免なさい」

良子は再び畳みに泣き伏した。

「おばちゃん、おじさんと芳兄のお墓はどこにあるの。おじさん、芳兄にお詫びしたいの」

「良っちゃん、良っちゃん、そんなことしたらいけないよ。良っちゃんはなにも悪いことしてないよ。そんなことをすれば芳夫が浮かばれないよ。芳夫がもっとしっかりと、良っちゃんにアピールしなかったのが悪かったんだよ。芳夫のお墓参り、そんなことをすれば今の旦那さんに悪いよ。それに良っちゃんには悪いけど、お墓は教えられないよ。良っちゃんは、もう川東の川田家の嫁だよ。そんな良っちゃんが芳夫の墓参りなんかしたら村の噂になる。人の口に戸は立てられないよ。良っちゃん」

優しく良子の背中をなぜながら、昌子おばさんも噎《むせ》び泣いていた。

その日は蒸し暑く、午後からにわかに土砂降りの雨が激しく降った。その雨は、良子の胸の中に留まっている濁血を根こそぎ流出させてくれるような大雨だった。

雨が止むと大空を真っ黒に覆っていた黒雲が消え、まっさらな青空が拡がっていった。空はどこまでも青く美しかった。雨は時として感情を押さえるのであろう。

大泣きに泣いた後、二人は顔を見合わせ静かに微笑んだ。昌子おばさんは良子に向かって「良っちゃん、お腹空かないかい」といった。何か吹っ切れたようなもの言いだった。

「うん空いた」と良子は正直にいった。

「それじゃ、お茶漬けでも食べよう」

「それじゃ、おばちゃん私が支度をするわ。どこに何があるのか知っているから」

「良っちゃん、まだそんなこと覚えていたのかい。いいよ、いいよ良っちゃんは、お客さんだからそこに居て」

昌子おばさんはそう言うと台所にたった。しばらくすると台所からこんこ「たくあんの古漬け」を切る懐かしいまな板の音が聞こえてくる。その音を聞くだけで、鳴呼ー、芳兄といつも競って食べたあのお茶漬けの味を思い出す。眼を閉じて、その音に耳を傾けたコン、コン、コン、コン、コン、コン軽やかで優しい音が止まった。静かに眼を開けると死んだはずの芳兄、おじさんが食台を囲んで座っている。不思議なことにおじさんは若く、小学生の芳兄がいる。「芳兄、おじさん」良子は驚きの声を上げた。夢かと思って頬をつねった。眼をこすっておじさん、芳兄を見る。夢じゃないんだ。確かに芳兄、そしておじさんがいる。戸惑っている良子を尻目に、昌子おばさんは、台所からお櫃《ひつ》と大皿にてんこ盛したこんこを持ってきた。そして、昌子おばさんはおじさん、芳兄がいることを当然の様に「さあ、みんな食べよう」といった。

冷ご飯に熱、熱の白湯をお茶碗に注いだ、おじさん、芳兄そして良子も、昌子おばさんに何杯もお替りして食べた。皆わいわい言いながら競って食べた。美味しかった。七、八杯は食べたと思う。こんなに食べたのは、もう何年ぶりかしら。お替わりごとに昌子おばさんは「フフッ」と優しく微笑んだ。

〔昌子おばさんの優しい笑顔、芳兄、おじさんも食卓を囲み皆笑っていた。そのとき子どもの芳兄をしみじみと見た。芳兄って、こんなに可愛い貌をしていたんだ。愛らしい貌をしていたんだ。そんな芳兄の貌をみながら競って食べた。芳兄とご飯を食べている。それだけで安心感が膨らんだ。芳兄と食べるお茶漬けのおかずは、こんこだけなのに、なにか懐かしい美味しさだった。たらふく食べると眠くなり、ござの上で芳兄と抱き合って寝入った。子どもに還っていた。いつしか良子は、深い眠りの森の中に入っていった〕

アハハハハハ・・・「良っちゃん〜」、「芳兄〜こっち、こっち」二人は奥野千本桜の桜吹雪のなかで遊戯をしていた。桜の精が二人を囲むように花吹雪を盛んに吹きかけた。

「良っちゃん、良っちゃん」

昌子おばさんの声で目覚めた。何時間寝ていたのだろう。おばさんによると、邯鄲《かんたん》夢の枕ほどの時間であったとのことである。でも、夢の中でも芳兄に会えて嬉しかった。

昌子おばさんは、「良っちゃん、芳夫と遊んでいたんだねぇ」といった。驚く良子に、

「良っちゃんが、キャ、キャっていって声をだして笑ってたよ。子どもの時分に、これは帰っていると思ったの」

といった。

「そうなの、おばさん芳兄と奥野千本桜の中で追い駆けっこをして遊んだの」

良子がそう言うと、昌子おばさんは驚いたように眼を瞬かせ押し黙った。少しの

間、会話が途切れ、その間、何か考えごとをしているようだった。そして意を決するようにして立ち上がり、仏壇に向かい引き出しから、小さな宝石箱を取り出し、その宝石箱を良子に渡したのであった。

「良っちゃん、その宝石箱の中には芳夫が良っちゃんの成人式の日に渡すはずだった婚約指輪が入っているよ」と、しんみりいった。

「おばちゃん、これは・・・」と驚く良子に、

「分かっているよ、良っちゃん。でも、もらっておくれ。これはおばちゃんが死ぬとき棺おけに入れてもらい、あの世で芳夫に渡すつもりだったの。でも今日、良っちゃんに会って。ごめんよ先ほど、良っちゃんが寝ているところを盗み見てしまって、良っちゃんが、楽しそうに千本桜で芳夫に会っている夢を見て。この指輪は良っちゃんに渡したほうがいいって今、思ったの。この指輪を千本桜の中のお地蔵さんがある所。あのお地蔵さんの後ろの桜の樹は、お父さんと私が、芳夫の生まれたときに記念して植えたの。あの桜の樹に、この指輪を良っちゃんの手で埋めて欲しいの。そして、千本桜が満開の時分に芳夫に会いに行ってやってほしい。あの樹が芳夫のお墓と思って。良っちゃんにこの指輪を埋めてもらうのが芳夫も一番喜ぶと思って・・・」

〔そうだったのか。芳兄はあの成人式の日に、私にこの指輪を。あの日、芳兄は、しきりに何か言おうとし、そわそわしていた。その前に、私が大はしゃぎで結婚するって言ったものだから、優しい芳兄は身を引いたんだ。芳兄、芳兄ご免なさい。でもあのとき芳兄が婚約指輪を私に渡してくれていたら私、芳兄のお嫁さんになっていたと思う。芳兄を実の兄さんのように慕っていたので、多少の時間は要したかも知れない。でも心の底では、私も芳兄を待っていたことが分かったの。昌子おばさんから芳兄が私を好きだってことを聞いたとき、私も芳兄が大好きだったことが分かった。そのときストンと芳兄の魂が胸に落ちたことをはっきり覚えている。全身が揺さぶられ、それはまるで突然に起こった雷雲から雷を落とされたような衝撃だった。心が震え失神しそうだった。そのとき潜在意識の中に眠っていた芳兄を思慕する残心が目覚めたの。私も心の底でいつか芳兄からのプロポーズを待っていたんだって〕

・・・

良子は、あの西谷の芳兄の家に行った日から、芳兄を愛しむ想いが日増しに募り、喪失感に陥って行った。芳兄が死ぬ間際に「良っちゃん」といってこと切れた。この最後の言葉を、昌子おばさんから聞いたときも大泣きに泣いた。

良子は、昌子おばさんとの約束を守って、その翌年、千本桜が満開のとき芳夫の桜の下に婚約指輪を埋葬に行った。しかし、どうしても埋葬することができず手元に置いた。芳兄が私のために一生懸命に貯金して買ってくれたんだ。その優しい心情を思うと、どうしても手放すことができなかった。その代り、指輪の代替品として革靴を埋葬したのだった。中・高校時代に芳兄は運動靴・革靴を帰省のお土産として持ってきてくれた。貧しい時代どんなにか助かり、嬉しかった。その優しい気持ちに恩返ししなければならない思いと、また靴には特別な願望も込められていた。

〔芳兄、寂しいときこの靴を履いて会いに来て欲しい。また私が寂しいときにも会いに来て〕

持ち帰った指輪は整理ダンスの引き出し奥に大切に保管し、寂しいとき、心に迷いがおきたとき取り出しそっと左手の薬指に入れた。そうすると心が穏やかになり鎮まり、なによりも芳兄と繋がっているという一体感があった。良子には愛する夫、二人の子どもにも恵まれていた。良妻賢母を演じ、良い子の母として頬被りをしていても心の奥底には芳兄がすみ、家族より心を縛ったのは芳兄への想いだった。

芳兄を若くして散花させてしまった。洋々たる人生を断ち切ってしまったことによる罪の意識にも苛《さいな》まされ、喪失感に陥ったこともあった。そんなときには芳兄と共に過ごした美しい思春期の思い出を黄泉巡《よみがえ》らせ、その幻想の中で芳兄と恋をする。切なくてみじかくも美しく萌える恋。淡い恋。そんな恋を夢想することによって心穏やかになっていった。芳兄が私を愛してくれている。芳兄とは決して離れない紅い糸で結ばれている。夢の中でも愛する心は純心だった。

その純心愛は加齢を増すごとに、まぶしすぎる一瞬の輝きとして、さらに強く昇華されていくのであった。その俤《おもかげ》がやどる夢をよくみた。夢は、この世にいないはずの芳兄の姿がたしかにそこにあった。「芳兄生きていたの」と呼びかけると芳兄は、はにかむ様に笑った。儚げな横顔が美しかった。

良子は嬉しさが込み上げ芳兄に駆け寄った。「芳兄」といって伸ばした手は芳兄の身体をすり抜けた。夢はいつもそこで終わった。

俤の芳兄を愛し、夫に抱かれながらも芳兄を想い、夢の中で芳兄に逢う。良子は不貞はしていない。だが夢幻の中とはいえ夫に背徳をしている。罪深いことである。神の罰が当り無間地獄に堕ちるであろう。だが良子は、心で固く結ばれている芳兄とであれば、二人して地獄の釜に堕ちても構わないと思う。芳兄もきっと一緒に堕ちてくれる。

昌子おばさんは母親として、芳兄を愛しむあまり婚約指輪を良子に渡し束縛したいとする考えもあったであろう。しかし良子は、昌子おばさんが芳兄の婚約指輪を渡してくれたことに、今は純粋に感謝しているのであった。その胸に秘めた芳兄への思慕を指輪は胸の底にとどめさせてくれた。

良子は昌子おばさんとの約束どうり毎年、奥野の千本桜が満開になる頃、芳兄の桜に墓参する。墓参のときは、芳兄の好きだった楚々とした濃紺のワンピースを着用、そして、その日は婚約指輪を左手薬指に入れた。琴電バスの塩江行きの乗り合いバスを利用し、国道一九三号線、安原の西谷口バス停で下車。そこより西谷川沿いに千本桜まで歩いた。芳兄と通学のとき利用した想い出の西谷道を歩くことによって、待ちに待った大好きな芳兄に一歩づつ近づくのであった。良子が高校生のとき高松瓦町の洋食屋で芳兄に食べさせてもらったビフテキ、カレーライスを手作りし持参したのだった。もちろん芳兄の大好物のこんこも忘れなかった。手弁当は重いと感じられず、それより芳兄に食べてもらいたいという気持ちが先行して浮きうきし心地よく、待ちに待った初恋の人からのデートのお誘いに恥ずかしいような、嬉しいような、まるで思春期の少女のような初々しさで心が昂ぶっていった。

〔今日の薄化粧はどうかしら、口紅は濃くないかしら〕

良子の心の奥深く芳兄は生きている。歳月を重ねる毎に、慕う気持ちはさらに昂まっていくのだった。芳兄を想えば思うほど、この情愛の深層をはかるように、桜墓の日が近づくと、よく夢を見るようになっていった。

〔芳兄のはにかむ様な笑顔、負んぶしてくれたときの背中の温もり、美しい想い出ばかり残していってくれた。いつまでも忘れないわ芳兄ありがとう〕

良子は加齢となって行くが、夢の中の芳兄はいつまでも若き好青年の姿であった。淡い夢の最後の終着駅は、いつも奥野の千本桜であった。

「芳兄〜、芳兄〜」、「良っちゃん〜」

奥野の千本桜で手をつなぎ野山を駆け巡り、桜の精が可愛い二人を桜守で包んでくれる。春風の桜が乱れ舞う頃、至福を迎えるのであった。

〔今日一日、私は芳兄のお嫁さんよ〕

良子が桜墓にお参りする日は、いつも穏かであり、霞の空に飛翔した千本桜の花びらが風に舞う。静かに眼を閉じると花びら風情に包まれる。

良子は人生の輪廻転生を信じている。心の隅で一途に芳夫を愛し、いつか生まれ変わり芳夫と結ばれることを夢見る。いつまでたっても心は永遠の乙女であった。

塩江町を訪問して

大阪府茨木市
山本亜紀子

農園のボランティア仲間の島上さんから、島上さんのふる里、塩江町の町興しの小説、「秋子慕情」という物語を書いたので、仲間に読んでほしいと言ってきました。私達は昼間の休み時間に原稿を廻し読みしました。近頃にはない、あまりに清純な物語でした。そのうち、この物語が仲間内で評判となり、女性仲間〔五人〕から物語のモデルになった塩江町に行こうという話が持ち上がりました。名神高速道路茨木〔大阪府〕のインターチェンジから淡路島を経由して、四国の徳島に渡り、そして高松自動車道高松インターチェンジまで約四時間ほどかかりました。高松から塩江町は国道一九三号線で三十分ほどでした。

「行基の湯」前に車を駐車し、観光案内所でパンフレットをもらい物語の舞台となった塩江小学校から権現神社、そして八幡神社まで歩きました。わいわいがやがやとお喋べりしながら歩き、ここを大吾と秋子も歩いたんだわ。そんなことを言いながら、もうそのときは十代の青春に還っていました。香東川の渓谷美に沿って歩き、五月の風が頬をとおり過ぎて行き、とても爽やかな気分になりました。

八幡神社では大銀杏がそびえ立ち、乳房の樹がありました。物語の中で秋子が乳房の樹をみて微笑みましたが、私達も皆、微笑みました。そして大吾と秋子が大銀杏の樹に掌を重ねたように、私達も笑いながら手を重ねました。

その日は内場池畔のホテルで宿泊し、塩江温泉の湯で旅の疲れを癒しました。島上さんが、よく塩江の四季のことをいっていましたが、素晴らしい故郷のある島上さんが羨ましいかぎりです。

「秋子慕情」の舞台の季節は秋になっていますので、秋にもう一度、仲間で塩江に行こうねって話しあっています。秋に訪れたときの紅葉が、今から楽しみです。

昼の休憩時間中、島上さんから塩江に行った私達に巻頭文を書いとほしいという依頼がありました。私に書かせて欲しいと、すぐ手をあげました。私は亜紀子という名前でもあり、物語の「秋子」に感情移入したのでした。しかし巻頭文は、小説の最初を飾る文ですし、私のようなお婆ちゃんの写真も載せるとなると小説のイメージが崩れてしまいますのでお断りし、小説の後で紀行文ということにさせて頂きました。

私はもう喜寿のおばあちゃんですが、二十歳のとき主人と見合い結婚し、そのまま家庭の主婦となりました。しかし、この齢になっても高校を卒業した十八歳のときのような、純な気持ちが、そのまま残っているのですね。「秋子慕情」を読んでツンと胸が切なく熱くなりました。女性って、いつまでもそんな純情な気持ちが残っていることを「秋子慕情」で思い起こさせてくれました。

島上さんは、「塩江物語」のなかで冬子、秋子を書き、今後は春子、夏子も書いて行くとのことですが、早く刊行してくださいね。とても楽しみです。塩江物語の第二話「生きる・冬子のなみだ」、第三話「秋子慕情」、とてもセンチメンタルになり泣きました。

農園のボランティア仲間、皆、島上さんを応援しています。今後も純愛な小説を書いてくださいね。ご期待しています。そして、この書「秋子慕情」に私の拙い文章を添えさせて頂きましたことを幸甚に思っています。

塩江へのいざない

塩江の女《ひと》を例えると、筆者は古事記のなかに出てくる。三輪〔奈良県桜井市〕の赤猪子《あかいこ》に近いのではないかと思う。

第二十一代、雄略天皇は若かりし頃、大和で戦中に三輪川で美しい美少女と出会ったのです。

「きっと迎えに来る。どこにもに行かずに待っていて欲しい」

赤猪子は、その言葉を信じて、何年も何十年もそれこそ待ち続けました。そして八十の齢を経たとき、意を決して天皇を訪ねると、そのことを天皇は忘れていたのでした。

赤猪子の悲しみは、いかばかりだったでしょう。

歌謡曲のなかに北島三郎「函館の女《ひと》」、森進一「年上の女《ひと》」、五木ひろし「待っている女《おんな》」、前川清「噂の女《おんな》」等。

女性をモデルにしたヒット曲がありますが、塩江の女《ひと》は「待っている女《おんな》」の人が多いのではないだろうかと思うのです。

筆者の少年時代、東香川の支流、内場川をせき止める内場ダムの工事があり、診療所が開設されました。ここに若い医者が赴任し塩江の看護婦さんと恋愛。ダム完成後、若い医者は帰りましたが看護婦さんは待ち続け、いつしか心の病になり亡くなりました。

筆者の従兄弟で忠という者がいました。忠は二十代で帰らぬ人となりましたが、幼馴染のFさんが忠に想いを寄せていたのです。Fさんは独り身のままこの世を去りました。

これは一例ですが、塩江の女《ひと》は、純愛を捧げ持って殉じた人が多いのです。塩江の男《おとこ》も恋した女《おんな》の人に一途な想いを寄せる男《ひと》が多いのです。絶対に結ばれるなら、こんな純な男女《ひと》が良いと思います。

藤島大吾〔仮名〕さんは、一人の女《ひと》を純粋に愛し純愛を捧げています。塩江には女の人に劣らず、男の人も愛に殉ずる純な男《ひと》が多いのです。

筆者が藤島大吾さんに、藤島さんのような恋に憧れますと言うと静かに微笑んでいました。
一人の女《ひと》を愛し純愛を貫く、こい焦がれる恋、甘く切ない恋。

塩江はすべて山塊に囲まれ、四季折々の風光明媚な自然のなかで、郷人は、慎ましく互助し、その和気靄々のなかで暮らしてきました。老若男女ともに心根が優しいのです。涙が出るほど優しい。そんな心安らかな故郷を育くんできた男女《ひと》が青年と成り、塩江の美しい大自然のなかで恋をする。恋には臆病だった人が意を決して恋をする。それは、ながい冬に堪え春の息吹を待って咲く、椛川《かばがわ》の桜のような初々しいものでした。

藤島大吾さんのように、成就しなくても一途に、その女《ひと》のことを想う。悲恋でもいい、その心はいつか結実し赤い糸で結ばれていく。そんな切ない恋。

赤猪子な先人が作り上げた塩江。
嗚呼ー、一途で純な心を持つ老若男女の集う故郷を誇りに思う。この気風が、いつまでも残ることを祈念し、筆を置きたいと思います。

美しい十代の青春の微笑《かがやき》の紀行文を寄せて下さいました山本亜紀子さま、清純な表紙画を描いて下さった大西幸恵さまに厚くお礼申し上げます。

最後になりますが、この物語を読んでくださいました読者の皆様、塩江に一度遊びに来て頂けませんでしょうか。

塩江町は讃岐山脈の中央部に位置する、本当にひなびた山峡の町ですが、四季折々の美しい風景が楽しめます。温かな人情に触れてください。

塩江町に来る交通は、四国の表玄関、ＪＲ高松駅・高松自動車道高松ＩＣとＪＲ徳島本線穴吹駅・徳島自動車道脇町ＩＣの中間に位置し、国道百九十三号線が南北をつないでいます。一本道なので迷うことはありません。

両所の中間地点に塩江町で一番賑《にぎ》やかな「行基の湯」「道の駅塩江」があります。

両所から約二十四キロメートル、自家用車で約三十分です。また高松寄りの国道一九三号線沿いに高松空港があり、「行基の湯」「道の駅塩江」「塩江美術館」まで約八キロメートル、自家用車で約十分です。

「行基の湯」を軸にして四囲、二キロメートル以内に名所旧跡が多くあります。

●東に香川県の自然記念物に指定されている不動の滝があります。高さ約四十メートル、五段をなして落下しているので五十《いそ》の滝ともいわれています。キャンプ場としても適当です。

●西には日本の池の中で最も美しい内場池があります。池畔の美しさでは北海道、信州の湖畔に引けを取りません。池畔は約二キロメートル程ですので、ロマンチックに散歩されてはいかがでしょう。

●南には香川県名の発祥の地となった椛川《かばがわ》の里があります。その昔、椛川には椛桜が群生し、その満開の花びらが川面一面を覆いつくして花絨毯となり、醸成し花の香りを発しました。香る川の由来から香川となり、県名発祥の地でもあります。

椛川の里は日本の原風景を再現したようなのどかな里です。里には四季折々のお花のロードがあり、秋には日本では珍しい赤い蕎麦の花が咲いている畑がありま す。爽やかな秋に、ぜひ見に来て頂きたく思います。

●北には、この小説、秋子のモデルとなった権現神社、岩部の八幡神社・夫婦大銀杏があります。昭和二十三年〔一九四八〕、東京大相撲が塩江で開催されました。

このとき関取りだった力道山も来塩していて、そのとき八幡神社に参拝しました。その後、力道山はプロレスラーとして大活躍し、日本のヒーローとなりました。八幡神社は運の開ける福富神社です。そしてこの神社の境内に夫婦大銀杏があります。この夫婦銀杏は純愛の大樹《き》です。大切な方と手を重ねて恋を成就させてください。

そして奥野千本桜のモデルとなった西谷、奥野郷は安原地区の国道一九三号線沿の高松市役所塩江支所から南に約三百メートルにある谷岡食堂を右折し約三キロメートル以内の距離にあります。現在、奥野千本桜は地元自治会の皆さんが往年の千本桜に復活するため桜を植樹しています。

塩江町には、また千三百年の歴史を誇る塩江温泉があります。奈良時代の行基菩薩が発見したもので、泉質は、肌がつるつるになる美人湯です。

明治時代には夏目漱石・正岡子規も二度ほど湯治に来て、塩江の風景を愛でています。

塩江町は県内では美人の町として有名です。

著者紹介

島上《しまのかみ》　亘司《ひろし》

昭和22年〔1947〕　香川県高松市塩江町生まれ

高松・塩江ふるさと会会員、讃岐・塩江　別子八郎伝説会会員

塩江町を愛する人、藤澤保氏、塩江町で初めて流行歌手になった

和泉幸弘氏の友情を得て執筆を決意

「塩江物語」で塩江町の伝説、伝記等を執筆中

塩江物語　第１話「大蛇」　平成26年〔2014〕発行

　　　　　第２話「生きる・冬子のなみだ」

　　　　　　　　　　　　　　平成27年〔2015〕発行

塩江物語　第三話「秋子慕情」

平成二十八年一月一日　初版発行

著者　島上　亘司

発行所　株式会社　美巧社

〒七六〇－〇〇六三

香川県高松市多賀町一丁目八－十

ＴＥＬ〇八七－八三三－五八一一

ＦＡＸ〇八七－八三五－七五七〇

印刷・製本　㈱美巧社

ISBN978－4－86387－066－6　C0023